narrativa • grijalbo

LAS RAZONES
DEL LAGO

narrativa • *grijalbo*

LAS RAZONES
DEL LAGO

~

María Luisa Puga

narrativa • *grijalbo*

MÉXICO • BARCELONA • BUENOS AIRES

LAS RAZONES DEL LAGO

© 1990, María Luisa Puga

D.R. © 1991 por EDITORIAL GRIJALBO, S.A. de C.V.
   Calz. San Bartolo Naucalpan núm. 282
   Argentina Poniente 11230
   Miguel Hidalgo, México, D.F.

PRIMERA EDICIÓN

Este libro no puede ser reproducido,
total o parcialmente,
sin autorización escrita del editor.

ISBN 970-05-0319-4

IMPRESO EN MÉXICO

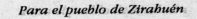

Para el pueblo de Zirahuén

Índice

Un ruido ondulante como de aaahhjjjjjaaahhh.

La lluvia, que comenzó a caer sobre las hojas de los árboles. Absorto, dejé de escuchar ese murmullo, como si hubiera dejado de llover. Al rato, empero, el ¡aahhh! se tornó más intenso, más denso y volvió a hacérseme presente. Otros dicen: "arreció la lluvia". Sí, se hizo más recia. Insistente. Granizaba. El golpeteo golpeaba todo; hasta mi conciencia.

A medida que decrece la fuerza del chubasco aumenta el sonido del goteo de miles de gotas azotando —después de escurrir— a otras gotas y a millones de hojas, ramas y centímetros de tierra.

Se me va la respiración mientras la lluvia arrecia nuevamente.

A lo lejos, de entre lo oscuro, se asoma parpadeante la luz de un faro lejano que trata de reflejar su haz sobre el lago imposible y dormido. La lluvia fuerte ha cesado y ahora sólo es el rumor de una llovizna. Truenos distantes y el jugueteo de la tormenta eléctrica, muy enfrente de mí, anuncian que no todo ha terminado.

Se me va la respiración.

Truenos lejanos, *Isaac Levín*

Uno

A NOSOTROS NO NOS gusta el lago. A los demás sí. A todos. Pero eso no quiere decir nada, a nosotros no nos gusta porque no tiene por qué gustarnos. A nadie le importa. Sin embargo aquí estamos; no se dan cuenta pero aquí estamos. Para siempre estamos. Podrá llover, hacer frío, haber sequía o peleas entre la gente. Se pueden morir o ir a la escuela o casarse o irse para el otro lado. Aquí estamos viéndolo todo. Y a nadie le importa que veamos o no. A nadie le importa si nos gusta el lago o no.

Al contrario del pueblo, que es horrendo, el lago es deslumbrante a cualquier hora. Dicen que sólo se ahogan hombres en él. Será por borrachos. Las que más se le acercan son las mujeres, que van a lavar ahí su ropa y a bañar a sus niños. Como los hombres toman siempre en la calle, no falta quien se desencamine y llegue al lago y se ahogue. Así de fácil.

No hay nada en este pueblo, salvo licor. Licor siempre hay, a cualquier hora y en cualquier día. Y no son muchos los que lo venden, pero con esos tres o cuatro basta y sobra.

Los fines de semana se acerca mucha gente de afuera. Se suben en una lancha y se van al restorán de enfrente, que es famoso. Pero también hay los que acampan a la orilla del lago; los que se quedan en las cabañas; los que invariablemente le compran cerveza a Sabina. Traen sus radios y gritan mucho. No sabemos qué le hace el lago a la gente que la hace gritar tanto. Ver el agua, a lo mejor. Porque por aquí la gente es callada, tristona, quieta. Van a sus asuntos por las calles empedradas y pareciera que les cuesta un trabajo enorme salirse de sus casas. Se saludan unos a otros sin alegría. Se alejan y es cuando nos damos cuenta de que viven dándose la espalda. Hay odio entre ellos.

Así serán todos los pueblos chicos de este país. Con su iglesiota siempre más grande que cualquier otra construcción. Su plaza de cemento, fea. Sus negocios pobres para pobres. Y los radios sonando permanentemente; el micrófono de los anuncios, alguna casetera de alguien en alguna parte. Si es que no hay boda o bautizo o quince años o entierro, porque entonces hay banda y mucha tomadera de invitados o no. Pasado cierto número de tragos todos se sienten el novio o la novia. O hasta el difunto. El homenajeado en turno, pues.

Nuestra vida no es fácil, como podrá deducirse por el gran número de perros muertos en todas partes, pero sobre todo en la carretera. Se diría que les gusta apachurrarnos. A lo mejor entre los choferes es un deporte. Cuántos perros se echan de aquí a Pátzcuaro o a Uruapan. Y nuestros cuerpos se quedan ahí pudriéndose como carroña para zopilotes. Somos muchos, por eso ni se nota cuando desaparece alguno. Andamos en bola y procuramos no hacer ruido para que no se fijen en nosotros. Niños o grandes se divierten dándonos de patadas, arrojándonos piedras, lo que sea. Crecemos con esta gente, pero no nos ven. No se acaban de dar cuenta de que también vivimos y, como ellos, sentimos dolor y hambre. Pero lo importante es que no se dan cuenta de que lo vemos todo de ellos. Por donde quiera andamos y lo sabemos de veras todo.

¿Que de qué nos sirve si no vivimos mejor por eso? Por eso vivimos, no es poca cosa. Y en cualquier caso, el sentido de la vida de un perro es distinto del de la vida de un hombre y ni vale la pena hacer la comparación. Más bien hemos aprendido a comparar entre las vidas de ellos. Y eso sin querer, porque a nosotros ni nos va ni nos viene, es sólo que el estar aquí siempre, el ser prácticamente invisibles, nos ha permitido entender algunas cosas.

Con frecuencia nos preguntamos si así es en todas partes. ¿Así es la vida de tremenda, de violenta en otros pueblos? Quisiéramos saber. ¿Cómo será la vida sin un lago tan permanentemente enfrente y tan todo el tiempo bello que llega a chocar porque parece burlarse de nosotros? De todos, hombres, mujeres y perros. De la vida parecería que se burla; de las cosas que nos pasan.

Dondequiera que uno se ponga lo verá siempre echando esos reflejos hirientes, mordaces. Como vigilándonos. Quieto ahí, siempre igual, es decir, siempre sorprendente. Y llegan los turistas y dicen: ¡Qué belleza! No saben lo que dicen. Pero es normal. Luego agarran su coche y se van.

Dicen que aquí en Michoacán hubo una gran cultura indígena... va uno a creer. Algo tendría que haber quedado, aunque no fuera más que un recuerdo borroso. La verdad es que aquí la gente vive como en el olvido voluntario. No quieren saber de nada. Las mujeres se meten debajo de sus rebozos y ahí se están. Los hombres debajo de sus sombreros tampoco quieren mirar a la cara.

Es un pueblo triste éste, atorado. Se nota en varios momentos del día, pero tal vez el peor sea el atardecer. Es cuando respiramos la insatisfacción; la inquietud de grandes y chicos. Cuando el día ya transcurrió y todos hicieron lo que tenían que hacer y disponen de un rato libre. Imaginamos que es cuando se preguntan para qué todo. Para qué otra noche más; otro rito más. El pueblo se llena de música, de radios y sinfonolas. No tiene ninguna alegría eso. Es más bien una callada desesperación lo que se siente. Encerrada y tensa. La gente se disfraza de costumbre. Miran menos que nunca. Y es cuando más nos atosigan a nosotros. Los niños, sobre todo, que no saben qué hacer con su energía, con sus ansias. Las mujeres riegan sus plantas y resulta un poco estremecedora la dedicación con que lo hacen. Casi con rabia les dan vida; esperan verlas florecer. Como si no pudiendo hacerlo con la vida propia se consolaran con eso. No deja de ser contrastante el aspecto vibrante y colorido de sus flores con el aire harapiento y chamagoso de los niños.

Los hombres forman corrillos hoscos en las esquinas. Hablan con monosílabos tensos, escupidos. Estamos bien conscientes de que basta cualquier cosa para desatar su violencia. Siempre, en alguna parte del pueblo, alguien se está emborrachando. En el aire se forman unas como burbujas que los demás miran con nostalgia atemorizada. A los borrachos los cerca un silencio denso que todos rehúyen. Nosotros a veces nos quedamos por ahí junto, mirándolos largamente. Somos más invisibles que nunca. Los oímos gimotear, los vemos irse doblando hasta caer como costales en el suelo. Nos quedamos muy quietos junto a ellos y puede que hasta los cuidemos, aunque nadie les hace nada. No se acercan.

Esa es la hora más apesadumbrada, pero otra hora terrible es el mediodía. Es cuando el lago se burla más y el sol lo ayuda. Sólo nosotros andamos por la calle a esa hora.

Dos

HAY UN CAMIÓN DE pasajeros que llega cinco veces al día. Viene siempre cargado de campesinos guajoloteros, de mujeres enrebozadas con su bola de chiquillos. Hacen un pequeño tumulto ahí en la plaza y luego se van cada uno por su lado. Desaparecen por completo. Se mezclan con el polvo o con el lodo, depende en qué época estemos.

Nosotros andamos de un lado al otro del pueblo buscando una sombrita o algún hueso que el carnicero nos quiera dar o que se le caiga. No que no tengamos conflictos. Los tenemos y pueden llegar a ser serios. La gente del pueblo se aparta y si lo nuestro se pone grave entonces nos separan a pedradas. Sabemos que en esos momentos nos tienen miedo todos, incluyendo las vacas y los caballos. Pero no nos importa, cuando nosotros vemos a los hombres pelearse sabemos que enceguecen, que no escuchan ni piensan nada. Pues igual sucede con nosotros y lo mejor es no meterse. La gente se cruza la calle, se aleja. El aire queda estremecido y en torno al pueblo los cerros, el lago, el cielo nos miran como asombrados. Nuestro pueblo ha de ser como una mancha emborronada en medio de toda esta naturaleza. Un pegoste que alguien puso ahí y no terminó de darle forma ni sentido. Un puro capricho.

Nos damos la espalda, que es lo que hacemos todos todo el tiempo, y nos colgamos del movimiento de la luz del sol. Si sube, si baja, si se asienta y se mete. Y así vamos sabiendo qué hacer.

Una opresión en el pecho cuando oímos que el camión calienta el motor y se dispone a partir. Nos miramos quietos. Nadie ladra. Se diría que estamos durmiendo. Que somos unos simples perros callejeros, de esos que abundan en los pueblos.

Tres

SABINA ES LA MUJER que vende licor en el pueblo. No es la única persona que lo hace, pero sí fue la primera... en fin, no ella sino su madre. Heredó el negocio. Pero además, en la esquina de su tienda es en donde con más frecuencia nos apostamos. Porque Sabina es de las pocas personas que nos ve y a lo mejor hasta nos aprecia. Cuando menos no nos patea. Su tienda es también la que abre más temprano y cierra más tarde. La más solicitada por los turistas porque está camino al muelle y es la que tiene refrigerador. Siempre, pero siempre siempre está ahí Sabina.

Detrás del mostrador se ve una estancia en donde hay una estufa. Es toda una casa, pero lo que se ve desde la calle es eso. Sabina se suele sentar al lado de esa estufa, o si no, en una de las banquitas que tiene a la entrada. Quieta, atenta a lo que pasa delante de su tienda, callada. Todos la saludan y ella saluda a todos, aunque no es de mucho platicar. Le gusta estar así: sentada; sola. Pensando a lo mejor en su vida. Nos gusta y nos inspira confianza por eso. Está en su tiempo tranquilamente. Ve y escucha todo y habla o se mueve cuando tiene que hacerlo. A veces mira el lago. Se recarga en el quicio de la puerta y se queda mirando largamente con los brazos cruzados. Nosotros andamos por ahí oyéndola respirar.

Sabina no es triste ni alegre, o es ambas cosas en sus distintos momentos. Como si fueran los momentos los que cambian, no ella. En eso también es como nosotros. Estamos. Vamos viviendo lo que va pasando. No hay rencilla con nadie más que cuando la hay. Pero ella no parece, como los demás, llevar un rencor antiguo a cuestas, enredado en el rebozo, amamantándolo casi. Ella, para empezar, no usa rebozo. Necesito las manos libres, explicó en alguna ocasión. Demasiadas cosas qué hacer tiene una mujer sola.

Nos tiene a nosotros, pero a lo mejor no lo sabe. Nosotros la cuidamos. No está sola como un perro; está sola con nosotros.

Tiene dos hermanos, uno con cinco hijos, el otro borracho. A su padre lo conoció apenas. Abandonó a la madre poco después de que nació el último hijo. Sabina tendría ocho o nueve años. Ese hermanito fue para ella su entretenimiento principal. Su juguete. Su hijo. Es el que ahora tiene cinco. Vive pegadito a la tienda de Sabina. El otro, el borracho, que es mayor que ella, vive con ella.

Cuatro

CÓMO LAVAN ROPA LAS mujeres de este pueblo. Todo el tiempo las vemos lavando en el río o en el lago. Dejan los rebozos a un ladito, se ponen de rodillas y a restregar. Hora tras hora. Hay quienes se van solas, otras con sus chiquillos, y hay quienes se van en grupo y platican todo el tiempo. Nosotros nos echamos por ahí para adormilarnos con el sonido del agua. Es lo que nos gusta. El chismorreo no nos interesa. Ahí, cuando menos. Son comentarios chaparritos sobre la vida del pueblo. Que si la muchacha recién arrejuntada no le ayuda con el quehacer a la suegra. Que si el sacerdote ya empezó a ponerse exigente con los bordados del altar. Que si con lo viejo del fogón se va la mañana entera en hacer los frijoles. No hablan de cosas reales estas mujeres. Están metidas en su miedo de vivir y lo que hacen es palpar los muros de sus cárceles. ¿Para qué lavan tanta ropa? Jamás se ve a los chiquillos limpios. La ropa limpia pareciera eternizarse en los tendederos. Es como un rito para matar el tiempo; para no tener que pensar; para no tener que hacer cosas reales. Así llenan sus días hasta la muerte. En la penumbra de sus rebozos que las inmovilizan. Nos fijamos más en el agua que en ellas. En la libertad del agua que se escurre por donde quiere y canta. Que parece reír cuando le pega el sol. Que parece feliz y eso que también es de este pueblo.

El agua así de cerca no tiene el aspecto pedante e indiferente del lago. Es amistosa con las manos. Parece animarlas a que sean de otra manera. Pero las mujeres no ven, no escuchan, no quieren. Restregan la ropa contra la piedra como si ahí estuviera el secreto de sus vidas. Quieren sacarle algo a fuerza. Usan mucho jabón y luego azotan la ropa con algo que parece rabia. Abrimos un ojo y pronto nos convencemos de que no. Son movimientos mecánicos. Las mujeres no piensan, no ven, no quieren.

El agua no se arredra. Prosigue con su juego saltarín y riente y salpica por todos lados. Regresa al río y se pierde. Da la espalda, como todo lo demás. Entonces cerramos los ojos, suspiramos, dormitamos, acomodamos la cabeza entre las patas y dejamos que el sol nos caliente bien.

Los chiquillos sí brincotean, pero los chiquillos son los chiquillos...

Y es que en realidad viven de espera en espera las mujeres. Lo del lavado de ropa no es más que una muestra de su aparente actividad, pero su día comienza con el ritmo lento de las tortillas y el borbotear de la olla de frijoles. Ahí, junto al fogón, pasan una buena parte de su tiempo. Esperan a que esté la comida, a que los niños regresen de la escuela, a que su señor llegue para almorzar. A que los niños traigan la leña en la tarde para encender el fogón nuevamente, a que su señor regrese del campo, a que todos se duerman.

Con los ojos entrecerrados imaginamos, echados por ahí, que esperan a que transcurra la vida para poder morirse. Esperan, de jóvenes, a que el novio se las robe, a que como resultado nazca el niño, a que su hombre vuelva con dólares del otro lado, a que su hijo joven regrese vivo del baile, a que el padrecito les bautice a la nieta.

¿Y qué piensan, qué sienten entre tanto? ¿En dónde están ellas? ¿A qué suenan cuando dicen algo? Se agitan muchísimo. Tienen una mirada severa. Condenan tremendamente a la mujer que no haga lo mismo. Como Sabina. Aunque la tratan con respeto, con temor, la desaprueban por completo. Quizá hasta la odien. A Sabina le da igual. No les debe nada, dice, estamos en paz. Y abre su tienda tempranito y sale a barrer su pedazo de calle. Porque este es un pueblo de pedazos. Cada quien atiende el suyo y se pueden ver las líneas que dividen un pedazo de otro.

Por las noches, Sabina, igual que nosotros, ha escuchado todo: los llantos, los golpes, las carcajadas, los lamentos. Desde la oscuridad de su cama ha respirado cada sonido y se ha quedado quieta. No por miedo sino por esa sensación que compartimos: qué absurdos, qué locos, qué ciegos los seres humanos.

24

Nosotros ladramos, ladramos todos juntos como para cumplir con nuestro papel. No buscamos nada con ese ladrido, quizá sólo asentar nuestra presencia como parte de este pueblo. Alguien golpea, nosotros ladramos. Alguien grita, nosotros ladramos. Alguien cae y ladramos. Como para contribuir a que la noche se esté en paz, se acomode en nuestros cuerpos y por un rato haya armonía. Sabemos que Sabina se revuelve en su cama y piensa. Recuerda. Aunque lo que en realidad hace, también, es esperar.

Quisiéramos que sintiera nuestro apoyo; nuestra compañía; nuestra presencia. Sin embargo sabemos que lo más probable es que no piense en nosotros. A esa hora somos invisibles para ella, igual que el lago.

Por cierto, el lago. El mundo visto desde el lago es sorprendente. En una ocasión nos llevaron a dos de nosotros en la lancha. Unos turistas que estuvieron tomando cerveza y platicando largo rato con Sabina. Una pareja de mediana edad que, según dijeron, andaban buscando terreno para construirse una casa frente al lago. Les encantaba, dijeron. Querían salirse ya del D.F. Planeaban venirse a vivir para acá, dijeron, y dedicarse a escribir. Sabina los escuchaba atenta y sin delatar la más mínima reacción. Nosotros estábamos echados por ahí, dizque dormidos. Y un día, dijeron, escribiremos sobre usted.

—Ah, Dios, y sobre mí por qué.

—Porque usted ha vivido aquí toda su vida ¿no? Podrá platicarnos qué se siente vivir junto al lago.

Los perros no nos reímos. O sea, nuestra risa no se oye, como en la gente, y ni siquiera la mayoría de nosotros puede sonreír. Algunos sí lo hacen, pero son pocos. Y más bien parece una mueca accidental que una sonrisa.

—No se siente nada —dijo Sabina riéndose—, qué se va a sentir.

—Bueno, pues nos contará sus recuerdos de infancia —dijo el hombre.

—Uy, señor, puras cosas tristes. Yo no tengo nada qué contar, pero nadita. Y en este pueblo nunca pasa nada.

Pues ahí estaban, tomando su cerveza los señores y platicando de lo más a gusto. Así fue como se enteraron de que frente a nosotros, del otro lado del lago, había un restorán fino —dijo Sabina, en donde podían comer. Del muelle salía una lancha que los llevaría. Se entusiasmaron.

—Sólo que yo —advirtió Sabina con una sonrisa maliciosa—, me llevaría unos perros.

—¿Por qué? —se sorprendieron ambos.

—Porque los perros son los primeros que sienten si la lancha se va a hundir.

Aquí nosotros paramos las orejas sin movernos un milímetro: ¿cómo estuvo eso?

Se rieron los señores y se mostraron incrédulos y además, dijeron, no habían traído perros.

—Eso es lo de menos. Aquí sobran. Llévense esos dos que están ahí. Son buenos.

Nosotros inmóviles. Más dormidos que nunca.

—¿Son suyos?

—Pues... la verdad es que aquí los perros no son de nadie. Andan por ahí todo el tiempo. Pero éstos están siempre aquí. Y mírenlos, tienen su pelo bonito, son fuertes, están sanos. Se los digo en serio. Si se van a subir a la lancha, mejor llévenselos.

—Pero ni nos van a hacer caso, si no nos conocen. Y seguro que en el restorán no nos dejarán entrar con ellos.

—Yo les presto dos mecates para que los amarren a la entrada. A ver, chíflenles.

Lo hizo él y nosotros nos levantamos moviendo la cola. La señora nos acarició la cabeza titubeante. Él dudó y luego dijo:

—Bueno, a ver las cuerdas.

A nosotros nos da lo mismo. Ahí vamos con ellos. Nos palmeaban el lomo todo el tiempo. Nos tenían un poco de miedo.

En la lancha nos sentamos hasta adelante. Veíamos los cerros rodeando el lago. Oíamos el agua. No nos quisimos echar. Estábamos descubriendo el cielo; el cielo sin pueblo, sin polvo, sin líos. Nos hubiéramos querido quedar ahí, en medio del agua, mirando lentamente todo. Allá atrás el pueblo se iba volviendo una mancha colorida y armoniosa. Naturalmente que la iglesia sobresalía glotona y petulante, pero hasta ella se suvizaba. El muelle parecía de juguete, bonito. Los tejados de las casas eran parejos, como si debajo de ellos reinara la felicidad. Los árboles, sobre todo, nos resultaron nuevos. Conocíamos sus troncos, no sus copas, sus tonos verdes, sus distintas frondosidades. Era todo como sueño de alguno de nuestros borrachos. No podíamos creerlo. El lago. Otra cosa completamente. Como el agua durante el lavado de ropa.

Pronto empezamos a ir de uno a otro lado de la lancha porque no queríamos perder detalle, pero el que conducía ordenó que nos amarraran. Amarren a esos perros, dijo, y la pareja sostuvo el mecate de cada uno de nosotros. De no haberlo hecho a lo mejor nos hubiéramos arrojado al agua para quedarnos ahí. Para no regresar nunca.

A la vuelta veíamos con angustia cómo el pueblo precisaba sus líneas hasta adquirir su rostro de siempre. El cielo volvía a desaparecer. Los árboles se quedaban arriba, inalcanzables, igual que los tejados. Caminamos, todavía amarrados, hasta la tienda de Sabina. Ahí nos soltaron.

—Fantástico lugar —dijeron los señores.

Nosotros nos echamos ante la puerta.

Cinco

POR LAS NOCHES, LOS motores de los camiones son el recordatorio de lo que somos. Retumban en nuestra conciencia y sentimos vibrar el suelo de una manera hostil. Allá en la carretera, solitarios y feroces; ciegos, perversamente indiferentes, los camiones. Cuando llega uno de ellos al pueblo (no cuando pasa por ahí) y se estaciona, miramos ariscos, a la defensiva. Odiados camiones, se han llevado a tantos de nosotros y ni siquiera la sangre muestran. Pero por lo general bajan de ellos un par de hombrecitos, si acaso panzones y mal afeitados, descomunalmente desproporcionados al tamaño del camión. Pasan junto a nosotros para entrar donde Sabina. Qué fácil sería atraparlos por la pantorrilla; clavarles los colmillos; desgarrarles la carne. Vengarnos, en una palabra. Sólo que el tamaño de nuestro odio no tiene nada que ver con esas piernas común y corrientes; con esos pasos como los de todo el mundo; con ese sonido humano que a pesar de todo emiten.

Son los motores, los rechinidos, el peso del ruido lo que odiamos. Lo que escuchamos en la oscuridad de la noche acurrucados al lado de los fogones. Por eso preferimos las patadas, las pedradas, las burlas, que irnos por ahí a andar solos.

Cuentan las gentes de aquí que antes no había carretera. Puro camino de brecha. Sólo carretas de bueyes. Que había más árboles. Mucha menos gente. Que ahora estamos civilizados, dicen. ¿Cómo habrá sido el pueblo entonces? ¿Menos polvoso? ¿Más alegre? No lo llegamos a imaginar. Nos parece que este rencor con el que vivimos es de siempre; heredado de padres a hijos por tantas generaciones que ya nadie recuerda la causa. Las mujeres con sus rebozos azules y rayas negras son todas iguales. Los hombres con sus cuerpos escuálidos también. ¿Cómo le hacen para saber quiénes son los enemigos? Nosotros, cuando menos, tenemos el olfato, que es inequívoco, pero ellos, ¿cómo le hacen para saber quién es quién? De repente sorprendemos una mirada de odio que se queda ahí en los ojos. A lo mejor la persona a quien va dirigida siente su peso en la nuca, pero no se da por enterada. Sigue su camino. Da vuelta en la esquina y desaparece. El odio juguetea en los ojos un rato más y luego se oculta. Pero ahí está; lo sabemos, en los ojos de muchos si no es que en los de todos. A lo mejor por eso nos patean, porque no saben qué hacer con él.

Por la mañanas, el lago amanece cubierto de neblina. El pueblo es oscuro y frío. De todas las casas sale humo. Ni nosotros andamos fuera. Nos repegamos al primer fogón que se pueda. La gente es más silenciosa que nunca. Más arrebujada. Las mañanas son como ciertos estados de ánimo en los que todo parece estar sepultado e inmóvil, comenzando por las ganas de vivir. Los niños lloriquean. Los jóvenes duermen como troncos. Los hombres roncan despatarrados. Las mujeres se aprietan en sus rebozos y se mueven con diligencia tratando de no pensar. El lago se deja estar bajo la neblina como si ésta fuera su cobija. El sol nos queda lejos a todos.

Si ha habido tragedia en el pueblo (alguna pelea en serio. A lo mejor un muerto. Alguna noticia de que algo le ha pasado a alguien que se ha ido al otro lado), el silencio es rígido, fatalista, amedrentado. Si ha habido fiesta, borrachera, desvelada, es malhumorado, pesimista, cansado. Si es un día común y corriente, es un silencio aterido, incómodo, de espera. El caso es que el pueblo está despierto mucho antes de que se vea ningún movimiento, como verificando su destino de estancamiento. Qué alivio para nosotros ser perros. Ni venimos ni vamos. Simplemente estamos, y vemos cómo los niños se convierten en jóvenes, las chiquillas en muchachas y todos en irremediables adultos pese a los impulsos de juventud. Ellas luego luego se embarazan y comienzan a arrastrar sus cuerpos pesadotes por todos lados. Ellos dejan desinflar sus sueños o alguien se encarga de desinflárselos. Desde el púlpito el padre insiste: No pequen. La escuela quiere una junta con los padres de familia para hablar del futuro de sus hijos. La Tenencia les aclara cosas sobre sus tierras o falta de tierras. Y nada cambia, como no sea el estado de ánimo que se va volviendo más y más sombrío.

Nosotros nos reproducimos con un ritmo sostenido y pareciera que nuestra memoria va pasando de uno a otro perro como en un perfecto archivo histórico. Cada mañana buscamos un cambio, una presencia, una seña, algo distinto que indique hacia adónde va tanto ajetreo, tanta palabra y promesa como destilan los seres humanos, pero no. Hay que esperar a que la neblina se levante lentamente, con su ritmo, y deje pasar los rayos del sol. Contemplar entonces cómo la gente sale de sus casas y va a acuclillarse en los rinconcitos en donde empieza a pegar. Es cuando comienzan a ahuyentarnos: ¡Sáquese, perro! ¡Fuera de aquí, ora verá!

Seis

EL SOBRINO MAYOR DE Sabina se llama Damián. Tiene 19 años y usa unas botas muy puntiagudas. Con frecuencia las vemos pasar junto a nosotros porque visita seguido a Sabina. Se diría que lo único que le interesa a Damián en este mundo es moverse. Ir de un lado al otro del pueblo. Nada más porque sí, porque de ver, no ve nada. No se detiene en nada. No le gusta la cerveza, no le interesa ninguna muchacha, ni siquiera le divierte molestarnos. Y camina con brusquedad, pisando muy fuerte, como si de golpe se hubiera acordado de algo urgente. Ya estate, muchacho, lo calma Sabina. Siéntate un ratito, ni que te anduvieran persiguiendo. Él sonríe y se sienta en la banquita de la tienda, pero se levanta de inmediato, se asoma, se vuelve a sentar:

—¿Cómo le hago, tía, cómo le hago? ¿Por qué no me ayuda?

—Ya sabes que en esas cosas yo no me meto. Y menos con tu mamá.

—Pero ya tengo 19 años. Cuántos no se han ido desde los 16.

—Y velos. Los que no están en la cárcel, andan en líos o se fueron a conseguir un trabajo peor del que tenían aquí. ¿Para qué fuiste a dejar la escuela, a ver? Andarías en Guadalajara ahora.

—Usted ni acabó la primaria, tía, no se haga. La escuela es para los que tienen tiempo que perder. Yo no. Necesito irme a vivir. Ayúdeme con mi papá, tía, a usted le hace caso.

—Qué caso me va a hacer. Está emperrado en que te hagas cargo de las tierras, del ganado. Eres el mayor y...

—No me salga usted con eso también, tía. Soy el mayor, y qué. Ahí está Julián. Tiene sólo dos años menos que yo y a él sí le gustan los animales. Y Germán, ahí lo tiene, a él sí le gusta la escuela. Yo lo que quiero es irme.

—Te habías de buscar una muchacha, más bien. Eso es lo que habías de hacer. ¿O no te quieres casar?

Así son las conversaciones entre ellos. Él, bufando inquieto. Ella, apaciguándolo, dándole por su lado. Hemos oído, más que visto, cómo se pelea con su padre, el hermano de Sabina. Allá adentro, en su casa. Cabronazos y gritos. Nosotros nos ponemos a mirar la puerta cerrada. Luego silencio. Luego llanto de mujeres. Luego nada.

Nos fijamos mucho en el comportamiento de hombres y mujeres juntos y por separado. De chiquillos son todos iguales; corren sin ton ni son. Meten mucho alboroto. Pero luego hay un momento en que se separan. Ellas por un lado; ellos por el otro. Ellas se vuelven silenciosas; ellos gritones, mandones, atormentados. A quienes fastidian, por lo general, es a sus madres y a sus hermanas. Éstas los siguen tratando como a niños. Ellas, en cambio, al puro disimulo, risitas, codazos. Unos silencios inexplicables. De jóvenes, de pronto, los hombres se vuelven increíblemente torpes. Como que se tropiezan con todo, en tanto que ellas se asientan en una mirada ancha; quieta. Nos hacen pensar en el lago como a eso de las seis de la tarde. Y tal vez por eso ellos se pongan tan nerviosos.

Son broncos todos. Apresurados en sus emociones; en sus afectos. ¿Por qué si tienen todo el espacio y el tiempo del mundo? ¿Por qué hacen rituales de cosas menores? No logramos entenderlo. No alcanzamos a saber para qué quieren la vida y se esfuerzan tanto por vivirla si no le prestan la menor atención. ¿Qué significará desde ellos ir creciendo? Definitivamente no es lo mismo para nosotros.

En ocasiones seguimos de cerca el desarrollo de alguien que nos es particularmente simpático. Nos proponemos no perderlo de vista. Tal ha sido el caso de Damián, que por ser el sobrino favorito de Sabina también fue escogido por nosotros. Con los ojos lo buscábamos a la hora del recreo en la primaria. En medio de los otros niños nos parecía que tenía un aire especial. siempre riendo; siempre moviéndose, proponiendo algún juego. Adormilado en el salón de clases; serio, pensando en quién sabe qué. Saliéndose a la calle después del almuerzo, mordisqueando algún durazno; caminando solitario; jugando con los hermanos;

llorando porque el padre le dio alguna paliza; sentado en la tienda de Sabina, tomando un refresco.

Así lo hemos visto año tras año. Entrar en la secundaria; formar parte del equipo de futbol; participar en algún bailable.

Creíamos conocerlo, pero es cuando nos damos cuenta de que jamás comprenderemos a los seres humanos. Parecen ser todos iguales y hacer las mismas cosas, sin embargo, basta fijarse en cualquiera de ellos para descubrir que son distintos. Cada uno quiere algo diferente. Los que no cambiamos somos el lago, el pueblo y nosotros. ¿En qué momento se empezó a poner Damián así de desesperado e impaciente, si aquí no ha pasado nada, como no sean las borracheras, las tristuras de siempre?

Siete

LOS FINES DE SEMANA o los días de fiesta, el pueblo se llena
de coches. No vienen al pueblo. Vienen al restorán de enfrente o nada más a ver el lago. Suben el cerro y ahí se esta-
cionan. Miran pasmados (no se alejan mucho del coche).
Antes, todos o casi todos, le han comprado cerveza a Sabina. Se ríen mucho y fuerte. Ponen el radio. Cuando se van
siempre queda basura en donde estuvieron. Hemos notado
que el pueblo los mira desde sus casas, de lado, disimuladamente. No sabemos si con resentimiento o con temor.
Para nosotros son hombres y mujeres como todos, sólo que
parecen traer el coche puesto como abrigo. Lo que nos intri-
ga es su falta de curiosidad por la gente. Su manera de cruzar el pueblo sin ver. A lo mejor hasta serían capaces de
apachurrar a la gente como nos aplastan a nosotros.

Los niños se les acercan como enjambres de moscas: ¿Lo
llevo al muelle? ¿Lo llevo a las cabañas? ¿Me da para un refresco? Sentados en sus coches, los miran como si fueran
un enjambre de moscas. Con un solo ademán los apartan.

Sabina los atiende como atiende a todo el mundo. El tono, la sonrisa, el hablar de Sabina no cambian con nadie y
es sólo con sus sobrinos que se llena de ternura.

¿Habrá habido turistas en el mundo indígena? Gente que
viene de otras partes para visitar el lago. ¿Y habrán sido como
éstos de irrespetuosos, de distantes? A lo mejor eso eran los
conquistadores. A lo mejor éstos son conquistadores. Pero
¿para qué querrían un pueblo tan feo como éste; una gente
tan enteca? Para apoderarse del lago, quizá. Para tenerlo día
y noche como lo tenemos nosotros. Para ver, como vemos
nosotros, los reflejos de la luna suspendidos en el agua, todo
quieto, hasta nuestras respiraciones. Aunque no saben que
no sirve de nada. Aquí estamos, igual que siempre con la

luna llena o sin ella. El lago parece reírse quedito; mirar sarcástico a los turistas. Esperándolos. La gente, la de aquí, se sabe apartar. Se meten más adentro en sus casas; en sus rebozos. Y los turistas arrancan y se van, unos más borrachos, otros menos. Cruzaron nuestro pueblo, nuestra vida y ni se dieron cuenta. Se pierden en la carretera que asciende hacia el entronque. Los motores zumban a lo lejos, como una cosa ajena.

Ocho

SOMOS FLACOS, FEOS Y muchos. Ahí viene el perrerío, dicen a veces. Nos dejan estar hasta que se fijan que estamos ahí. Entonces nos corren, nos patean, nos apedrean. Pero adquirimos el ritmo de sus estados de ánimo. Sabemos curvar el cuerpo para evitar el golpe, llenar de aire la distancia entre ellos y nosotros. Y así existimos paralelos, compartiendo un espacio que a fin de cuentas nadie podría llamar "nuestro" o "mío" o de "ellos". Y al menos a los perros no nos hacen lo que se hacen entre ellos.

Pero ahora están aquí estas gentes nuevas. Esta pareja de mediana edad que la otra vez nos llevara al lago. Compraron por fin un terreno; construyen una casa; vienen semana a semana y se detienen siempre a platicar con Sabina. Damián se fue con ellos el otro día. Parece que trabajará en la construcción. La casa estará allá en el cerro, en medio del bosque, lejos del pueblo. Qué para qué tan lejos, les preguntó Sabina. Que porque quieren silencio, soledad y ver el lago.

—Ah, Dios, ¿pues qué no de aquí se ve el lago? Y hay casas hechas además. Basta con que le den su arregladita. Ya tienen luz, agua, ¿para qué se complican?

Ellos sonríen corteses, asienten, pagan su cerveza, se suben en su camioneta y se van hacia el cerro. Ya no son jóvenes, pero se ven llenos de entusiasmo. A leguas se nota que no son gente de por acá. En sus ropas, en su manera de hablar, en las cosas en las que se fijan. Vienen de la gran ciudad, sin duda. De la mucha gente y ruido, como los turistas de los fines de semana. Todos dicen que esto es un paraíso. Entrecierran los ojos y miran el lago.

Damián rápido se fue con ellos. A ver qué va a decir su padre. Sabina dijo que ella se lo diría. Que dizque Damián va a ser el maestro de la construcción. ¿Y sabe? Jamás lo hemos visto trabajar. Habló mucho con el hombre, aquí mismo, en la tienda. Cuando arrancó la camioneta, comenzamos a seguirlos, pero al llegar a la subida del cerro nos regresamos. Iban muy rápido y hace mucho calor. Nos echamos junto al río, en la sombra, porque desde aquí oiremos cuando regresen. La verdad es que sentimos mucha curiosidad por esta pareja. Pareciera que de veras se van a venir a vivir aquí. Nosotros más bien estamos acostumbrados a que la gente se vaya. A verlos desaparecer paulatinamente, que es lo que hemos estado esperando con Damián: un día, ya. Ni sus luces. Alguien llora un poco, hasta que el aire se cierra y como si no hubiera estado aquí nunca. Allá, dentro de un año o dos vendrá de visita y resultará tan ajeno como cualquiera de los turistas. Pero eso de que sea al revés... esta pareja ya tiene meses de estar viniendo los fines de semana.

¿Será que hay un tiempo diferente a éste? Sí, con una mañana y una tarde, una noche distintas. Con gente diferente no sólo de aspecto porque son ricos, sino de veras diferente. Cuando a veces nos trepan a dos o tres de nosotros en un camión de redilas y nos llevan a Pátzcuaro o lugares cercanos para ayudar a arrear ganado, vemos apenas las calles, la gente, las casas. Y no es que sea distinto, aunque sean más calles o más grandes; aunque el lago de Pátzcuaro esté tan sucio. No, no es distinto. Por todos lados se ven perros iguales a nosotros, niños, borrachos. El cielo es el mismo y los rebozos de las mujeres también. Por eso Damián le dice a Sabina:

—Pátzcuaro, Pátzcuaro, qué voy a ir a hacer a Pátzcuaro. ¿Qué no ve que es lo mismo que esto? Tía, ¿no se da cuenta de que hay un mundo allá afuera? Un mundo en donde de veras se vive y que me está esperando. ¿Yo para qué quiero todo este Michoacán? ¿De qué me sirve?

Y es cuando nos fijamos en esta pareja que viene cada semana desde la capital. Cada semana, porque se quieren venir a vivir aquí. ¿Qué hay allá, pues, a donde unos quieren ir y de donde otros se quieren salir? ¿Qué no los días son iguales en todas partes? ¿La gente? ¿O habrá un tiempo diferente a éste?

La verdad es que en nosotros no cabe la medida del día o de la noche. Andamos de aquí para allá, en bola o solitarios, y por nuestra actitud jamás se podría saber nada del mundo en el que vivimos y mucho menos la hora que vivimos. Ellos (la pareja), traen algo encimado; algo que evidentemente aquí no necesitan. Y a lo mejor es ese tiempo. Dicen que las ciudades son un conjunto de edificaciones habitadas (lo oímos el otro día). Un poco como Pátzcuaro, pero en grande y sin esos huecos que Pátzcuaro sabe tener. Esos como mordiscos que le da el espacio y por donde entran el aire, los montes, el cielo. Dicen que en las ciudades las gentes viven unas encima de otras. Que en las calles hay más automóviles que personas.

Será. ¿Y los perros por dónde caminarán entonces?

Damián se les pega a estos dos, pero no es como ellos, para nada. Y aquí en el pueblo la gente los ve ir y venir y hasta ahora nadie ha hecho el menor comentario. Aunque ya reconocen la camioneta y en cuanto aparece delante de la tienda de Sabina se siente en el aire un gesto: ya llegaron.

Nueve

Esta es una conversación que escuchamos el otro día. Era entre Sabina y su hermano, el padre de Damián, no el borracho. Era ahí, en la tienda de Sabina, los dos en la puerta, hablando como quien no quiere la cosa, que es como hablan aquí.

—Ha de querer juntar dinero para irse —dijo él.

—Será, pero también veo que se lleva bien con ellos. Platican. El muchacho está aburrido de la gente del pueblo. Necesita ver mundo. Si no fueras tan cabezota lo habrías dejado ir a estudiar a Morelia.

—Ya parece. Con lo vago que es, a estas horas ni sabría por dónde anda. ¿Qué no ves que no es bueno para el estudio? ¿No te acuerdas con qué trabajos terminó la secundaria? Tú lo conoces mejor que yo. A ti te tiene confianza.

—A mí de estudios no me hables, ya sabes que no creo mucho en eso. Lo que te digo es que ese muchacho necesita irse de aquí un rato, y más vale que lo ayudes si no quieres que se te vaya para siempre.

—Que trabaje. Que se enseñe a vivir primero.

—¿Y no es eso pues lo que está haciendo?

—Con fuereños. Nada más para llevarme la contraria. Ahí va el pendejo, de albañil, cuando podría estar trabajando en sus tierras.

—No está de albañil. Es el maestro de obras. El encargado de todo. Le tienen confianza.

—No importa. Qué necesidad tiene de trabajarle a otros si él tiene lo suyo.

—Ay, Fermín, de veras que de que se te mete algo en la cabeza ni quién te lo saque.

—Mira quién lo dice.

Sabina se rió con ganas, como sólo se ríe con ese hermano suyo al que cuidó de chiquillo. Cuando nació, ella ya tenía siete años y andaba con él de arriba abajo. Eso cuenta la gente. Sabina yendo a cortar leña con su chamaquito y el bolón de perros detrás. Así la gente la empezó a respetar. Porque si no, una mujer sola, cuándo.

—Háblale tú, Fermín, ponte a platicar con él, pero sin gritos, sin decirle lo que tiene que hacer. Hazlo que te tenga confianza.

—Yo más ya no puedo hacer. Que se vaya a la chingada si quiere.

Y Fermín no es malo. Con su manera bruscota y todo, es un buen tipo, sólo que para todo tiene que gritar; hacerse el mandón. Como si fuera a dejar de ser él si no grita. Ha de ser muy cansado. Sin embargo la gente de este pueblo es así: terca. No se les ocurre jamás que el viento no sopla siempre en la misma dirección.

En el pueblo dicen que Sabina es rara. Que está loca. Que por eso no se casó. Pero la saludan con respeto porque le tienen miedo. Le tienen miedo. Nos da risa. Si la conocieran se darían cuenta de que es incapaz de hacerle daño a nadie. Lo que pasa es que desde muy niña se acostumbró a decir lo que piensa. Eso en el pueblo no lo hace nadie. Es increíble el miedo en el que viven. Un miedo absurdo. Por un lado se saben iguales, por el otro se temen unos a otros como si fueran brujos. Ocultan sus vidas como si en ellas hubiera misterios pavorosos. Como si no compartieran todos la misma miseria. Sabina no. Es distinta. Le teme a la oscuridad; a lo desconocido; al azar. A los demás, a quienes conoce, no. Le dan risa las precauciones que todos se toman dizque para cuidarse; la manera en que se meten bajo los rebozos y los sombreros. Bajo los párpados. La manera en que fingen mirar hacia el lago cuando en realidad están viendo todo de reojo. Entre ellos, los demás, han logrado crear un lenguaje de disimulos, de gestos salpicados de silencio. Sabina no. Ella dice.

Parece que cuando era niña, chiquita, de unos nueve años, hizo la primera cosa fea según los demás: le pegó a su maestro de primaria. Lo agarró a patadas, arañazos y mentadas de madre. Como cualquiera de nosotros cuando nos quieren quitar un hueso o una perra. Olvidándose de su tamaño, del dolor, de las consecuencias. Feroz, en una palabra. Quién sabe qué pasó. Se lo contaba Damián el otro día a la pareja de mediana edad. Parece que el maestro la tironeó del hombro o de la oreja porque no hizo la tarea. La quiso llevar al frente de la clase y ahí regañarla. Sabina no se dejó. Es lo que dice siempre: No me dejo, por qué. ¿A poco yo le debo algo a alguien? Y la corrieron de la escuela. Estaba en tercero, dijo Damián, pero ya se le olvidó lo que había aprendido.

—¿Y cómo le hace para llevar su tienda?

—A pura mirada —contestó Damián—. A puro tanteo. Cuando hay que hacer una cuenta grande o firmar algo, me llama o llama a mi padre, pero me llama más a mí.

Los señores la encuentran pintoresca. Nosotros, que rondamos el pueblo día y noche, y que a veces nos estacionamos junto a la escuelita, sobre todo a la hora del recreo por si a algún niño se le cae algo de comer, sabemos lo que pueden llegar a ser algunos de estos maestros: malosos, mandones. Los niños son carne de pellizco. Parecería que los odian. Dicen unos que es porque reciben muy bajos salarios; otros, que porque no tienen vocación. Que escogen ser maestros porque es lo más fácil.

Sólo que por eso sea.

Diez

LOS DOMINGOS, SOBRE TODO, es cuando el lago parece recoger la vida de la gente. La proyecta en el aire y la deja flotando con el sentido que cada cual quiere ponerle. El sonido del radio, las voces de los merolicos con sus puestos de cosas de plástico, las risas de los niños que han venido con sus padres a hacer día de campo, el motor de la lancha que va al restorán, el tañido de las campanas.

Pese a todo es un día triste el domingo. Un día en el que las ilusiones de la semana se estrellan en el vacío. Día de borrachera, de babas, de rencor en este pueblo amedrentado. Para nosotros, el peor día, definitivamente. Si entre semana no nos ven, el domingo menos. Las puertas de las casas permanecen cerradas. El sol se vuelve blanquecino. Los niños se ponen a la entrada del pueblo a cazar turistas: ¿Lo llevo al muelle, a las cabañas, al lago? ¿Le lavo el coche? ¿Me da para un refresco?

Nosotros no ladramos. No nos movemos casi.

Vemos a Damián ir de un lado a otro como león enjaulado. No tiene que subir al cerro a ver la construcción. La pareja de mediana edad se va muy temprano en la mañana.

Pero igual sacan los hombres a pastar a los animales o las mujeres se van a lavar al río. Igual abre Sabina su tienda y las viejas se sientan en el centro del kiosco a calentarse con el sol. Sólo que el domingo es domingo y no es como el resto de los días. Tal vez lo más detestable de los domingos sea el radio. Lo ponen muy alto y las voces artificiales de los locutores se meten en el tiempo y se burlan de lo estancado que está. En el recinto grande de la iglesia resuena la estudiantina que canta la misa, o la voz del sacerdote diciendo su sermón a un montón de gente adormilada.

Damián transpira desesperación. Las jovencitas del pueblo cuchichean: en el baile de ayer lo único que hizo fue estar recargado contra una pared y mirar. Varias de ellas sueñan con él.

Dormitamos perezosos y hambrientos como siempre. Alguien nos echa de vez en cuando una tortilla dura, un resto de tamal con todo y hoja. Nadie se inmuta. Nos hemos vuelto filosóficos con esto de la comida. Sobre todo los domingos.

Lo que sí haremos es seguir a Sabina cuando se vaya al panteón a arreglar la tumba de su madre. A mediodía cierra la tienda y se va cargada de flores. Nosotros detrás. Del cementerio el lago se ve entero y resulta más azul. Pareciera que le gustan más los muertos que los vivos. A lo mejor el lago no quiere que haya pueblos a su alrededor. No estos pueblos polvosos y miserables que se calcinan sin esperanza bajo el sol. A lo mejor al lago lo corroe la misma desesperación que a Damián.

Porque antes, dicen muchos, no era así. Antes esto era el paraíso. Antes tenía sentido, aunque también tenía enemigos. Según la pareja de mediana edad, este antes era antes de que llegaran los españoles. Aquí había un reino, le dijeron a Damián, enseñándole un libro. El reino de la raza purépecha.

Vimos la indiferencia de Damián. La cortesía distante con que los escuchaba. La mala gana con que tomó el libro para ver los grabados. Nosotros estábamos echados sobre la tierra roja del terreno en donde están construyendo la casa. Damián ha comenzado a traernos para acá. Quisiera que nos quedáramos por la noche. Fingimos que sí, pero en cuanto desaparece nos bajamos al pueblo y nos quedamos cerca del zaguán de Sabina.

—Los españoles —dijo el señor, echando un montón de humo por la nariz—, eran como los turistas que llegan el fin de semana para ir a comer al restorán de enfrente. Nada más que ellos vinieron para quedarse; para apoderarse del lugar. Venían armados. Buscaban riquezas. Destruían lo que encontraban.

No logra despertar el interés de Damián. La señora está asando unas carnes en la fogata. A lo mejor nos dan los pellejos.

—Este pueblo de ustedes es el resultado de la intromisión de los españoles. Antes no era así.

Damián se sienta con ellos junto a la fogata. Lo hace a menudo y es obvio que les va cobrando confianza, pero hoy se ve incómodo.

—Por debajo de esta realidad —proseguía el señor, inconsciente—, hay maneras, hay hábitos que ustedes traen en el fondo de la memoria y que les salen cuando menos se lo esperan; cuando están más desprevenidos. Fíjate en tu tío Pedro la próxima vez que se emborrache.

—Hace tres días que no se le ve por el pueblo —murmura Damián—. Además, qué se le ve a un borracho sino lo borracho.

—Tú fíjate —insiste el señor, pasándole una cerveza.

Nosotros cambiamos de postura, buscamos más sombra, olemos la carne.

Acá en el cerro se oye el lago. Se oye cómo se arrastra una y otra vez sobre la orilla. Lo que no se oye ni se ve es el pueblo. Es el silencio, acá. Es como otro mundo. Casi se oyen los pensamientos de la gente. Si el señor se callara tantito vería que Damián quiere decir muchas cosas. Pero por ahora no habla.

—Y es que aunque había luchas con otros pueblos, la vida era más comprensible; más de la gente —está diciendo el señor.

Acá arriba, nos damos cuenta, el lago por las tardes se encrespa como si tuviera escalofríos. Es la hora en que Damián se regresa de la construcción y nosotros venimos detrás de él, aunque por la orilla del lago, no por el camino como él. Cinco de la tarde. El sol comienza a descender. Los campesinos regresan con sus vacas, sus yuntas, los burros cargados de leña. El viento comienza a enfriar y el pueblo a aquietarse. Las mujeres se vuelven más furtivas. Será hasta que oscurezca que volverán a aparecer por el pueblo para ir a comprar pan.

Nosotros caminamos contentos porque es una hora bonita. Ni mucho sol ya, ni todavía frío. La hora en que todo parece guardar un equilibrio perfecto. Hasta el pueblo de lejos resulta bonito. Sabemos que es por la luz. La manera en que enciende el color de las tejas y del adobe. La suavidad con que las casas se recortan contra el cielo. Diríase un pueblito de ensoñación en donde todos viven apaciblemente.

Caminamos muy despacio para no llegar antes que Damián (que a patadas nos haría regresar) y para no perder la visión de la felicidad. Basta pasar la primera casa para saber que nada ha cambiado. El primer borracho, los primeros gritos, el primer llanto. Los sonidos son exactos; idénticos. Después ya todo se entreteje: los radios, una cosa espesa que nosotros vemos desde afuera, aunque en algunas casas nos dejen entrar. Somos de aquí y no somos. Somos perros. Andamos en cuatro patas y le aullamos a la luna. No nos enteramos de nada cuando andamos en celo. Miramos largamente las cosas, pero no para entenderlas, como a veces hacen ellos, sino para verles los minutos encima. Los minutos son como hormiguitas que se le encaraman a todo. Y todo lo carcomen. Miramos desde afuera, desde la invisibilidad, por eso podemos ver sus vidas sin que ellos sepan. Los oímos hablar; darle veinte vueltas a una misma cosa que por lo general ya sucedió: la hija que se escapó con el novio; el muchacho que se fue a la ciudad; la comadre que no se lleva bien con la nuera; el compadre que no halla de dónde sacar dinero. Sentimos el alivio que sienten cuando se aproxima alguna fiesta. Les vemos la ilusión, la esperanza ciega de que después será otra cosa. Sabemos de sus temores, de sus dolores, de sus odios. Los vemos para arriba cuando se yerguen en sus piernas. Y cuando están acostados durmiendo, los oímos roncar. Los oímos respirar, toser, carcajearse, llorar, jadear, maldecir. Viven con mucho ruido. Y ni nosotros, ni los árboles, ni el lago decimos nunca nada. A veces mueren por culpa de todo esto. Es sin querer siempre. Como nada más se ven a ellos mismos, no se fijan por dónde andan. Y se ponen en el lugar preciso en donde no deberían de estar. Caen al suelo pesadamente y los demás miran con un callado pavor. Olvidan rencores entonces, y juntos acuden al camposanto. Ahí lloran y se quedan quietos un rato. Nosotros detrás siempre.

Pero son las borracheras las que más los diferencian de nosotros. Porque la tristeza, el contento, el amor, el odio, la desesperanza, el hambre, el miedo, todo lo sentimos igual. Es verlos borrachos lo que nos llena de asombro atemorizado; cuando toman son otros. Adquieren valor o se rompen en sentimentalismos. Pierden su aire cabizbajo y retozan como chiquillos para acabar llorando. Gritan; parecen rasgarse el alma. Contagian el aire de desesperación y de absurdo. Se tambalean; se arrastran.

Sabina, que como ya dijimos es una de las que venden licor, no toma una gota, pero les sabe tener paciencia a los borrachos; los trata con dulzura cuando se ponen necios, porque parecieran atascarse en el tiempo y caminar en círculos como ciegos. Como dominados por una fuerza que no es de este mundo; como fantasmas. Se nos ocurre a veces que así han de caminar los muertos cuando llegan a salir de sus tumbas, pero ellos porque han de estar ateridos de frío, de tiesura de estar tan quietos. A los borrachos se les quita al día siguiente y ahí van a sus faenas como si nada. Y se emocionan ante la perspectiva de tomar. Se llenan de ánimo, de amistad. Empiezan siempre así. Quién sabe en qué soledades caen cuando están ya bien borrachos. Quién sabe qué les pasa.

Nosotros nos quedamos por ahí, no mucho a la vista, pero vigilando porque es cuando se matan. Cuidamos a Sabina de Pedro, el hermano que sí toma. Ella está pendiente de él y muchas veces va a traerlo de casa de los músicos, pero luego se encierra porque invariablemente él se pone grosero. Nosotros gruñimos y él se hace el desentendido. No nos tira una patada porque pierde el equilibrio.

Estas cosas casi siempre suceden en la noche, cuando el lago es invisible y sólo se sienten las sombras de las cosas. La gente apretujada en sus casas. La iglesia grandota e indiferente. La noche misma se hace más oscura y larga. El silencio es tremendo, como machucado por los gritos. Y nadie viene nunca. Hay que esperar a que ellos se cansen y se caigan y se queden dormidos. Metidos en un olvido raro. Entonces todo se calma y es cuando a nosotros se nos ocurre que la vida podría ser de otro modo. Que a lo mejor podríamos meternos en el tiempo de otra manera. Nos echamos por ahí, sobre la tierra que guarda una cierta calidez, y muy poco a poco aflojamos el cuerpo, espaciamos la respi ración, cerramos los ojos. Nos sentimos rodeados por respiraciones humanas y con ellas oímos el ritmo de la infelicidad. Nos dormimos como a la mitad, espiando el menor sonido. Ya en ese silencio sí se escuchan las olas suaves del lago, que nos recuerdan que está ahí; que sigue ahí; que siempre estará ahí.

Once

CUANDO PEDRO NO SE emborracha es otra cosa. Es brusco y muy solitario. Malhablado. Se diría que odia al pueblo. Que algo en su pasado lo hace mirar con rencor a la gente. Pone música muy fuerte en su carnicería. En cuanto sale el sol se para en la calle y ahí se está leyendo historietas. Saluda seco. Aunque Sabina es quien le da de comer, es con Fermín con el único que habla. Al único al que le hace algún caso. Es mayor que Fermín, pero le hace caso. La cara se le ilumina cuando ve a sus sobrinos. A nosotros a veces nos echa pellejos, a veces nos da de patadas; lo merodeamos a distancia. Pero no es una de las personas a las que más tememos pues lo vemos muy ocupado con su oscura infelicidad. Sí cuidamos que no maltrate a Sabina, pero en el fondo sabemos que no le hará daño nunca. En el fondo la quiere, aunque nunca se lo diga. Preferible un hombre así que uno de los que no levantan los ojos. Esos sí son peligrosos. Llevan el infierno adentro y ni lo saben. Pedro sí. Todo el tiempo piensa en lo mismo. Cuando está muy borracho se para frente a la plaza del pueblo y mira. Apenas si mantiene el equilibrio. Mira con fuerza a lo lejos, como si se sintiera azorado. La gente pasa junto a él y no lo molesta. Él tampoco les dice nada. Lo dejan estar. Cuando se cansa de mirar en una dirección, se mueve un poquito y mira en otra. Puede estar así horas, hablando con el aire o preguntándole, más bien, qué ha hecho la vida con él. Que es una pregunta, nos parece, que todos podríamos hacerle a la vida. ¿Por qué nos metió en este agujero y nos puso el lago al lado? ¿Con qué objeto? Pedro se emborracha, nosotros le ladramos a la luna en una larga interrogación. Es lo mismo, al fin y al cabo.

A veces nos vamos por la carretera alejándonos del pueblo, como si nos propusiéramos huir para siempre. En realidad sólo queremos verlo desde lo alto del camino; verlo dibujado contra el lago como si fuera un paraíso (así se ve de lejos), y no escucharlo. Ver cómo, en los días de invierno, el lago se vuelve gris y también parece triste, cansado. El caminar de la gente tan resignado. El humo que sale de las casas.

En bola nos vamos y nos echamos por ahí muy pendientes de los camiones. Es cuando tratamos de imaginarnos ese "antes" del que hablan con tanta admiración. ¿Cómo sería el viento o la luz de la tarde? Las madrugadas. El hambre. El lago, para no ir más lejos.

Y eso que no hemos hablado todavía de la lluvia. La lluvia sobre el lago es algo muy especial. Algo que nos encoge el corazón por más que oigamos por todos lados que qué bueno para la cosecha. Los hombres se echan su gabán encima; las mujeres se amontonan bajo los aleros; los niños chapotean sin sentir el frío; nosotros nos hacemos más invisibles que nunca debajo de lo que sea porque no nos gusta mojarnos. Pero el lago. Es de lo más triste que pueda uno ver: llora.

Estábamos en la construcción, allá en el cerro, cuando empezó la lluvia. Todos debajo de un tapanquito que hicieron para guardar las herramientas. Los señores no podían dejar de mirar el lago (qué belleza, qué belleza). Damián, con las manos en los bolsillos, miraba más bien el monte. En el pelo se le habían enredado algunas gotas. El lago parecía respirar agitado. El cielo se oscureció. Se oían silbidos arreando ganado, rebuznos, viento. Imaginamos que las mujeres que anduvieran cerca de la iglesia se meterían con un ¡Ave María Purísima, el agua!

Con todo y que sea bueno para las cosechas que llueva, vemos que la gente se pone triste, como mirando para adentro. Y sin embargo el pueblo se lava, la tierra se aplaca, vuelve a ser roja, los árboles brillan. Hay un como rato de olvido de lo feo. Cualquier techo se vuelve acogedor. Todos cabemos en el pueblo.

Dicen que los seres humanos llevan la historia de la humanidad en la sangre. Que la historia de la civilización, de cómo han progresado y han ido venciendo a la naturaleza es de todos y cada uno de ellos. Que hay una memoria colectiva que les hace sentir lo acontecido desde que apareció el ser humano en la faz de la tierra, aunque no sepan ponerlo en palabras. A lo mejor por eso en los días lluviosos se ponen melancólicos, porque de lo que vemos, no hay mucho para estar orgullosos. Con frecuencia oímos: "Lleva una vida de perro". Es el momento de aclarar que no. Una vida de perros no es como la de ellos. Una vida de perros, si ellos no nos molestan, es más que pasadera. Si no es mejor es porque ellos no han logrado hacer un mundo mejor. Con todo lo que les gustaría, como que no se deciden.

Con las manos en los bolsillos, Damián parece darse cuenta de esto, mientras que los señores no dejan de decir cosas que no son necesarias, como por ejemplo: ¡cómo llueve!

Ellos, los seres humanos, quieren vencer a la naturaleza. Nosotros no. Queremos entenderla; la miramos largamente. Sólo las mujeres preñadas miran así, y algunos niños. La miramos para escuchar su elocuencia, su movimiento, su vida. Encima de ella están colocados el pueblo y su gente. Como sobre el lomo de un burro que parece tranquilo. De tanto en tanto el burro protesta, recovea, quiere deshacerse de lo que trae a cuestas. Se "emperra", como dicen ellos. Y todo va a dar al suelo. Ellos se atemorizan con esto; se sienten ofendidos o, a su vez, se emperran. Y dale a cargar el burro otra vez.

Nosotros queremos vivir al mismo tiempo que la naturaleza, no sobre ella. Por eso perseguimos con la mirada el viento y husmeamos la mayor parte del tiempo. La maleza que crece entre el empedrado y que ellos pisotean sin darse cuenta; el movimiento del sol, sobre todo al caer la tarde, que es cuando la vida parece darse un respiro. La luz se vuelve anaranjada, tibia, y hace sonreír a los árboles; los jóvenes del pueblo se salen a caminar, buscando con los ojos a la muchacha que les gusta (sólo el terco de Damián no). Los niños se van a la tienda a comprar un pan dulce. Es cuando parece que el lago se sienta y se pone a platicar con el sol; éste, grandote, lo mira muy de frente. Un verdadero momento de reconciliación de todos con todos. Hasta las vacas se sienten a gusto. Los cerros que nos rodean se hinchan de satisfacción; el cielo nos echa una mirada tranquila; el sol y el lago parecen reír a carcajadas.

Lo mejor es quedarse quieto en algún lado. Transitar por la calle resulta peligroso porque es cuando vuelan más patadas. Quieren ser juguetonas; sirven para disimular otras emociones, pero en nuestras costillas se sienten como lo que son: patadas.

Si se detuvieran un instante para mirarse en el mundo; para ver cómo son en todas sus edades, niños, jóvenes, ancianos; en todas sus maneras y colores. Si simplemente se dejaran estar así, con esa naturalidad que les da el atardecer, con esa realidad que les da la luz, con ese ritmo tan acompasado con el sol, comprenderían, como nosotros, que la vida sí puede ser de otro modo.

Dan ganas de llorar a veces; de dar la espalda e irse para siempre. Pero sabemos que no hay adónde. O más bien que es lo mismo en todos lados. El único lugar para ir es la muerte y nosotros, aunque con vida de perros, estamos vivos.

Se le agolpan las palabras en el pecho. No las sabe decir. No las conoce. Las palabras que le organizarían la emoción y le darían un cauce. Que le revelarían rostros del mundo y le permitirían serenarse; saber que no hay prisa. Es cuando llega al punto más alto del camino empedrado, ya que jamás camina al lado del lago. De ida o de regreso de la construcción. Oye a los perros corretear por el camino de abajo y sabe que tendría que hacerlos que se regresaran, pero no tiene ánimos. A veces lo hace nada más para que los perros sepan quién es el que manda. O por aburrimiento. El cielo es tan grande y el lago tan quieto. ¿Pero qué carajos quieres, condenado muchacho?, le gritó su padre el otro día. Las palabras también se le agolparon en el pecho.

Tiene diecinueve años; no terminó ni la secundaria. La escuela le da flojera. De sus excompañeros unos andan de peones en el campo; otros entraron en la banda de música; dos siguieron sus estudios en Morelia; tres andan en Monterrey. Uno se fue al D.F., y parece que la hace de boxeador. Eres el mayor, le dice su padre exasperado. Todo lo que tengo es tuyo si te enseñas a trabajar. Ya que no quieres estudiar, al menos dedícate al campo.

Camina sin ver por dónde pisa; sin alzar los ojos cuando pasa algún camión; sin mirar al lago. Se aproxima desganadamente al pueblo después de un día de trabajo. Es el maestro de la construcción. Los señores, esos señores de México que han decidido venirse a vivir al pueblo, le platican muchas cosas. No todas las escucha, pero sí oye sus palabras; sus muchas palabras. La facilidad con que dicen todo lo que les viene a la cabeza.

Cuando estudiaba la secundaria le dijeron que tenía que escoger un taller. Voluntario, le dijeron. Tienes que estar en alguno, aunque no es igual que una clase. Él negociaba calificaciones: ¿Me ayuda para pasar de año? No. Es para que vayas descubriendo qué facilidad tienes. Qué te interesa hacer: apicultura, silvicultura, madera, música, literatura y albañilería. Era cuando se construía la nueva secundaria. Entre maestros, padres de familia y estudiantes.

No quería ninguno y al principio del año escolar se escapaba. Pero se dieron cuenta. Lo obligaron a escoger uno. Escogió albañilería. ¿Por qué literatura no?, le preguntó la señora. Él la miró con incredulidad, casi enojado. ¿No te gusta leer?, insistió ella. Damián miró al señor, quien no parecía haber escuchado. Cómo va a ser, dijo por fin. Literatura. A mí eso qué me interesa.

Albañilería porque la gente con las manos ocupadas casi no habla. Porque fue en la secundaria cuando comenzó a desear que no le dijeran nada. Ni bueno ni malo. Que no le hablaran. Los amigos: que la chamaca tal; que la botella de charanda; que el baile en Pátzcuaro. Su padre: que el rancho, el ganado, el futuro. Sólo Sabina, su tía, podía decirle lo que quisiera. Con ella se la pasaba horas. Ahí en la tienda, recargado en la puerta. Mirando a los perros dormir a la sombra.

No, no, dice Damián, pero no sabe a qué le dice que no. Mientras no lo sepa, va a seguir sintiéndose mal. Es una turbulencia.

Siempre que está a punto de entrar en el pueblo aparece ese no. Desde muy niño. Regresar porque ya es de noche; porque ya se acabó el domingo, cuando lo llevaban el fin de semana a Uruapan o a Pátzcuaro. Cuando una vez fueron una Semana Santa al Distrito Federal. A nadie se lo ha dicho, ni a Sabina. Lo más que le ha dicho a Sabina es: me quiero ir. ¿Pero adónde, mijo, adónde vas a estar mejor que aquí?

Mirando el lago azul, terso, apacible, Damián no sabe. No sabe qué imagina; no sabe imaginarse. Es sólo esa turbulencia endemoniada que lleva adentro.

Allá van los perros por abajo. Se diría que son ellos los que han terminado su jornada de trabajo, tan satisfechos, tan seguros caminan de regreso. A veces siente que los envidia. No parecen querer nunca otra cosa que estar ahí en donde están. Cuando alguien los echa de una patada nada más se hacen a un lado.

Cuando hacía albañilería en el taller de secundaria, escuchaba a sus compañeros bromear, discutir, comentar. Los escuchaba como si estuvieran muy lejos. Como si él ya se hubiera ido. Como ahora estaba escuchando al pueblo. Sabía todo de sus ruidos, pero él estaba lejos.

Que si quería le conseguían trabajo en la ciudad de México, decían los señores. También los escuchaba de lejos.

Doce

PESE AL LAGO, PUES, no es un mundo ideal. ¿Quién sabe qué es un mundo ideal. Nosotros sólo conocemos éste. Imaginamos que puede haber uno mejor por la capacidad de deseo que tienen ellos, los humanos. Lloran, sueñan, hablan, prometen y en sus palabras se asoma: un mundo mejor. Se diría que ya lo vieron; que ya estuvieron en él porque en sus tonos hay nostalgia. Quién sabe. A nosotros no nos pasa eso. Somos perros. Vivimos en el instante sin pasados ni futuros porque no hay espacio. Aquí puede suceder todo. Aquí está todo y nunca es igual. Aparte de que es peligroso confiarse. No hay tiempo para la insatisfacción; para la espera; para la desdicha. Giritos, alertas, yendo y viniendo cuando hay que hacerlo.

Pero por eso nos sorprenden tanto. Son imprevisibles con esa su capacidad de ensoñación. Prorrumpen en gritos; montan en cólera; se deshacen en risotadas; se oscurecen; se derrumban. Nunca sabemos por qué. Nuestro gran problema, eterno problema, es el hambre. El de ellos es el dinero. No sólo para comer, sino el dinero a secas. No. Más bien el tener. Quieren tener cosas. Y por ahí se les va la vida; las energías; la tranquilidad. Es lo que le está pasando a Damián y ni siquiera sabe qué es lo que quiere tener. Dicen (lo hemos oído en la escuela más de una vez) que es gracias a esa insatisfacción, a esa curiosidad por lo desconocido que el ser humano ha ido creando la civilización. Ha ido mejorando, dicen. Lo que dicen en la escuela, como lo que dicen en la iglesia, se queda flotando en el aire, encima de las cabezas de la gente, como nubarrones. Nadie mira ni hace nada. Se dejan estar abajo muy quietos. Quién sabe qué piense cada uno. Qué sienta en realidad o qué entienda. No manifiestan ni agrado ni desagrado por la susodicha civilización. Como que no tuviera que ver con ellos. A Sabina es a la única que hemos visto reaccionar de una manera que a nosotros nos parece razonable: ¡Tzeh!, exclama impaciente encogiéndose de hombros, ¡yo les voy a dar su civilización!

La verdad es que hay maneras y maneras de husmear el mundo. Nosotros reconocemos dos principales: con la que se busca comida, que ejercemos a la puerta de la carnicería o en torno de cualquier puesto de antojitos que se ponga en el pueblo. Con la que se busca conocer el mundo es la otra. Esa la practicamos a la entrada de cualquier miscelánea y por las calles en general. Husmear la basura, dicen ellos. ¡Sáquese perro de la basura!, exclaman. No. No es la basura. Son las huellas de los distintos existires que coincidimos aquí, junto al lago. Qué está pasando y en dónde. La manera en que fue apachurrada una lata de cerveza, la airosa envoltura de una paleta con chile, la cáscara de una naranja, la cajetilla de cigarros. Todo esto se mezcla con el polvo, con la hierba triscada, con el sudor y la sangre. Son los signos de que hay vida. Sobre todo en las horas de silencio, las de la resolana, cuando el pueblo se queda desierto y nosotros deambulamos buscando un pedazo de sombra.

En la tienda en donde está la caseta telefónica, más que nada, nos apostamos. La llamada del que se fue a trabajar lejos, a la ciudad, al otro lado. Llamadas por cobrar casi todas, anhelantes, angustiadas. Se llena la tienda de mujeres enrebozadas. Parecen cuervos. Aguardan en silencio mordisqueando pepitas, un elote, un pan dulce. Entre ellas circulan frases lacónicas, breves. Estarán pensando en lo que van a decir en el teléfono. Diálogos lentos y dolorosos, con mucho espacio entre una palabra y otra. En voz muy baja. Salen de la cabina cabizbajas, inescrutables. A su paso dejan caer un vasito vacío de flan, una bolsa estrujada de papas fritas, a veces un papelito en donde hay garabateado un nombre. Los hombres piden refresco, pisan más fuerte y por lo general escupen. Encima de nosotros. Tiran colillas, cerillos, papeles de chicles. El ingeniero tampoco va a llegar hoy con la raya.

En la tienda del teléfono todos son otra cosa: más mansos, más callados, más lentos. Salen y se alejan y parece que quedaron marcados. Es hasta mucho rato después que se les quita. Pero nosotros los hemos visto.

En el segundo año de primaria decidió que no quería ir más a la escuela. Su padre ya no vivía con su madre. Se había ido a Uruapan y se había llevado al hijo mayor. Sólo quedaban Sabina y el chico, Fermín. La madre dijo que bueno. Le parecía bien. Las escuelas no eran cosa buena. No servían de nada. No enseñaban y quitaban mucho tiempo para aprender cosas útiles. Sabina además tenía un carácter endemoniado y se peleaba con todo el mundo.

—Porque no me dejo, que.

—De todas maneras, hija, no es bueno ser tan corajuda.

—Que me dejen en paz. Yo no me meto con nadie.

Ocho años de edad, y era cierto. Quería jugar a las matatenas, platicar con sus amigas, cuidar al hermanito y estar con su madre ayudándola en la tienda. Cuando el maestro quiso jalonearla para reprenderla porque no había estudiado, lo abofeteó con ganas. Lo tumbó, para sorpresa de todos, si era una chiquilla delgadita. Eso resolvió el problema de la escuela: la corrieron.

Su madre se lamentaba:

—Con ese carácter, mija, no vas a llegar a ningún lado.

—No quiero llegar a ningún lado, mamá, ya estoy aquí con usted.

—Eso está bien, pero no hay que hacerse de tanto enemigo. La gente es mala; te puede hacer mucho daño. No hay para qué darles motivo.

Sabina se encogía de hombros, agarraba a su muchachito y se llevaba las vacas a pastar. Al aire libre, soltaba su risa plena, fresca, sin temores. Vivían de la tienda de su madre, en donde se vendía de todo, hasta tarritos de canela con alcohol. Así iban saliendo adelante, construyendo su solar, reponiéndose del abandono del padre.

—Porque si la gente es mala —decía la madre—, los hombres son peor. No te cases nunca, mija. Es un sufrimiento de no acabar.

Y Sabina escuchaba como de reojo, pero atenta. A medida que crecía se multiplicaban los pretendientes. Le encantaban las fiestas; bailar era uno de sus mayores goces.

Nadie, salvo su madre, tenía derecho a meterse con ella. Y su madre se lamentaba:

—¡Ay, mija, pero por qué tienes ese carácter!

—Yo qué voy a saber. Así me hizo Dios y así estoy muy bien.

Y en esa edad en la que las jovencitas son todas rubores, miradas furtivas y risitas, Sabina era una risa franca y directa que no se sometía a ningún rito.

Que a fulanita se la llevó el novio.

—Estaría dormida.

Que zutanita ya se quedó por allá en la ciudad

—Algo habrá encontrado.

Que menganita salió con premio.

—No ha de haber tenido otra cosa que hacer.

En la edad en la que las demás se ceñían los brazos con el rebozo que ya no las abandonaría jamás; que las ocultaría e investiría de una autoridad sorda, ineludible, triste, Sabina seguía agitando su cuerpo en los bailes y riéndose cuando algún galán le proponía que fueran a cortar leña.

—Para que lue゜*o te la cargue yo, ni que estuviera loca.*

Murió su madre y Sabina descubrió el lago. Desde el cementerio del pueblo se veía en toda su extensión. Lo escuchó hablar, aconsejarla, acompañarla. Le descubrió los gestos, las miradas, los tonos.

Su hermano mayor hizo un intento para que se fuera a Uruapan, pero Sabina sabía que ella pertenecía al lago y, ahora, a los hijos de Fermín. Quería sacar adelante el negocito de su madre (pero si ni sabes contar. Sí sé vender, es lo que importa. Aquí me quedo).

Dos temores tiene: el robo y el dolor físico. Por eso es brusca, claridosa, directa:

—Que ni se piensen que me van a ver la cara.

Trece

No deja de sorprendernos que Sabina no tome. Damián una vez le preguntó bromeando:

—¿Y usted por qué no se echa su cervecita de cuando en cuando, tía?

—¡Uy, mijo, si vieras qué no me gusta nada. Nunca me gustó el licor. No le encuentro el chiste.

—¿Ni en las fiestas? ¿Ni en los velorios para el frío?

—No me gusta. A poco si me gustara iba yo a necesitar pretexto.

—¿Y qué piensa de toda esa gente a la que no sólo le gusta sino que lo necesita?

—Allá ellos. Muy su vida.

—Pero usted se enoja con mi tío por borracho.

—Por la lata que da. Ahí tiene una que andarlo consecuentando para que no se ponga grosero. Ya ves cómo hay que andarlo recogiendo de todos lados. Se sale siempre con la bolsa llena de dinero, y cuando lo pierde me echa a mí la culpa, que porque no se lo quité y lo guardé y sabe Dios qué tanta cosa se le ocurre.

—Pero qué tal cuando le trae la banda.

—Me trae la banda. Ya parece. Se la trae a él. A mí no me da ni para los frijoles que se almuerza. Pero eso sí, quiere todo a su hora.

—¿Y por qué lo aguanta? Dígale que se vaya para otro lado. Que se case.

—Se lo digo, qué te crees, pero para el caso que me hace. Dice que la casa es de los dos y pues eso sí es cierto. Además es mi hermano al fin y al cabo y no te creas que no me da muina verlo por ahí perdido.

—No, pues sí, pero qué friega.

—Como con cualquier borracho. A mí no te creas que me preocupa mucho.

—Por eso se me hace tan raro, tía, usted que no toma, que le tenga tanta paciencia a los borrachos. Hasta en líos se mete.

—Es mi negocio. De eso vivo, cómo no les había de tener paciencia. Además, una ya sabe que el licor los pone tontos. Ya no les hace caso.

—¿Por qué toman, tía? ¿Usted sabe?

—Por infelicidad. Porque no llegan a enderezar sus vidas. Por todo lo que les sale mal.

—¿Y a poco así lo arreglan?

—No. Nada más se consuelan. Se les olvida un rato.

Catorce

Los patrones de Damián se quedaron a dormir anoche en su terreno. Damián nos amarró a un árbol cerca de la fogata para que no lo siguiéramos en la tarde. Aullamos un rato, pero luego nos echamos tranquilos. Estaba calientito, y como ellos cenaban ahí, en la fogata, nos daban huesos y tortilla. La señora parecía querer hacernos una caricia, pero como que le dábamos miedo o asco. Se conformó, pues, con hablarnos suavecito: perrito, perrito, decía.

Desde hace tres meses están viniendo todos los fines de semana. La construcción avanza, pero le falta mucho todavía. Montaron una tienda de campaña y se fueron a acostar muy tarde. Estuvieron hablando mucho. Tomaban.

Varias cosas: vinieron unos del pueblo, los comuneros que los llaman. Son unos. Vinieron en bola con todo y mujeres y niños a decirles que se vayan. Que esta tierra es de ellos. Que no los van a dejar terminar la casa. Nada más habló uno de ellos. Los demás se quedaban muy juntos y callados. Igual que la señora. El señor contestó que él había comprado esta propiedad en términos completamente legales. Que cuando le demostraran que algo no estaba bien, se iría, pero que mientras tanto ellos estaban invadiendo propiedad privada. Que por favor se fueran. El comunero dijo que se irían, pero que regresarían.

A la entrada del terreno, ahí donde ponen la camioneta, por la tarde, los electricistas habían venido a dejar todos los materiales para instalarles la luz. Estaba lleno de cables y chunches de esos que se ven en los postes. Los postes estaban abajo, en el camino. Por eso de repente decidieron pasar la noche en su tienda de campaña en lugar de regresar a Pátzcuaro, como hacen siempre: vienen en la mañana, se van en la noche. Damián les preguntó que si querían que se quedara él también. Dijeron que no.

Y estuvieron en la fogata tomándose unos tragos y hablando. Armas no, dijo la señora. Él estuvo de acuerdo, pero dijo que no se iba a dejar intimidar. Que estaba en su derecho. Que en cuanto uno de los cuartos estuviera terminado se vendrían a vivir para acá. Ella dijo que sí. Que la casa tenía que crecerles junto con la costumbre de ya no estar en la ciudad. Que la noche, dijo, era muy grande y desconocida. Que había que aprender.

Uno de nosotros roncaba. Respiraba por la nariz y hacía un ruido chistoso, como gorgorito. El señor comenzó a reírse: el perro está roncando, dijo, ojalá ronque toda la noche.

Después hicieron planes, como siempre. Siempre están haciendo planes con la casa. Más que en torno de la construcción, sus planes son acerca de las costumbres que quisieran tener cuando vivan aquí. Al rato ya se reían contentos. Se fueron a acostar muy tarde y parece que hicieron el amor.

En alguna remota parte de sí mismo Pedro quisiera rehacer su vida, aunque él no utilizaría la palabra "rehacer", ni mucho menos "vida". Diría más bien "volver a querer". Al único que se lo ha dicho, en medio de tremenda borrachera y entre las notas estrepitosas de la banda, es a Fermín, su hermano menor. Y tal vez se lo ha dicho porque intuitivamente sabe que Fermín no lo escucha. No cree que él tenga nada que decir. Cree que los borrachos sólo están borrachos. Sabina cree que los borrachos se ponen necios y hay que tenerles paciencia, como a niños retrasados. Paciencia para esperarlos a que se quieran ir a la cama, no para escucharlos.

A Sabina, por lo demás, Pedro no le contaría nada nunca. Es como su madre, Sabina. Como las mujeres, en una palabra. No entienden más que de sus quehaceres. La comida, limpiar la casa, los niños. Ni parece que viven en el mismo mundo que los hombres. Viven en sus rebozos. Aunque Sabina no use rebozo y en lugar de niños tenga una tienda de licor.

La verdad es que a Pedro no le interesa hablar con nadie, borracho o no. Prefiere oír música. Letras de canciones. Esas hablan por él. Dicen lo que él siente: Me caí de la nube en que andaba, Tu cárcel, *esas cosas. Son la voz de su alma que descubrió desde muy chiquillo, cuando el padre se lo llevó con él a Uruapan y lo hacía esperar a la puerta de la cantina. De un día para otro dejó de tener madre y empezó a ver mujeres. Éstas lo querían chiquiar, pero él no se dejaba. Ah, qué chamaquito arisco, le decían. Déjenlo. Es hombre, como su padre, exclamaba su padre borracho. Como meritito yo.*

Y ya no fue a la escuela, ni se acostó temprano ni tuvo que ir por leña porque Uruapan es una ciudad y no un pinche pueblo como éste, piensa cuando se calienta al sol, leyendo sus historietas. Allá pura música.

El padre salía borracho de la cantina y se apoyaba en el hombro de su hijo: vámonos, mijo, ándele. Este mundo es una pura mierda. Y caminaban hasta el cuarto en donde vivían ellos dos solos al principio. ¿Tiene hambre, mijo? Venga, nos vamos a echar una pancita en el mercado primero.

El niño silencioso iba y venía detrás de él. Sabía capotear los golpes de la borrachera mala. A escondidas se bebía los restos de las cervezas que quedaban por ahí. El calorcito.

Una manera ruda de tener un hogar, pero una. Se acabó cuando el padre comenzó a vivir con una mujer y se pasaron a la casa de ella. Cuando nació el primer niño y el padre comenzó a trabajar y quiso mandarlo a la escuela. Cuando la mujer comenzó a darle órdenes. Pedro ya tenía trece años y la escuela lo pudría. Casi nunca iba y cuando su padre se enteraba lo abofeteaba. La primera vez que lo encontró borracho (le había sacado dinero del pantalón mientras dormía, y se había comprado un cartón de cervezas que se fue a tomar al patio, llevándose el radiecito de pilas), le puso una tranquiza de la que todavía tiene cicatrices.

Lo devolvió a su madre.

Pero qué esperanzas de que Pedro se pudiera acostumbrar a la vida de pueblo. Golpeaba a Sabina y a Fermín, y la primera vez que le robó dinero a su madre (casi desde su llegada se robaba el alcohol de la tienda) y ésta le reclamó, le quiso pegar también.

Entonces ella lo corrió. Ni un mes pasó con ellos.

Así fue a dar a Zamora, a La Piedad, a Guadalajara.

Era un muchacho fuerte, de buen ver, con un genio de los mil diablos. Y borracho. Trabajaba en lo que le caía, pero inevitablemente era despedido a fin de mes a causa de sus borracheras estruendosas.

La primera vez que se enamoró tuvo una fugaz visión de su padre. Pero era tanto su rencor que no duró ni un año con la mujer. La abandonó embarazada y regresó a Michoacán. A partir de entonces tuvo muchas mujeres. Vivía con ellas un tiempo y siempre, en alguna borrachera, las maltrataba hasta casi matarlas. Las abandonaba sobre todo cuando estaban embarazadas. Eso lo enfurecía, que quedaran embarazadas. Por eso optó por visitar burdeles y no meterse con otras mujeres. En el burdel estaba la música de su alma. Ahí se acallaban las voces oscuras.

Regresó a Uruapan en donde trabajó en un rastro y le cogió gusto al destazadero de animales. Era algo que lo calmaba. Su precisión para los cortes; la meticulosidad que aplicaba en la limpieza del animal al prepararlo pronto le dieron fama de buen carnicero. Cuando mataba no tomaba. Eran los únicos momentos. Y si tomaba, no mataba. Lo decía con unción: ando tomado, no puedo trabajar ahorita. Al padre no lo buscó.

Un día lo visitó Fermín su hermano. El padre había muerto. La madre estaba enferma. Él era ganadero allá en el pueblo y no le iba mal. ¿Por qué no regresaba y se asociaban? Lo escuchó mudo, sin expresión. Esa noche se puso una borrachera que se prolongó todo un mes. Fermín lo recogió y lo llevó a casa de la madre. Aquí está, le dijo a Sabina. Es nuestro hermano y ésta es también su casa. Tenemos que cuidarlo.

Fue la primera vez que Damián lo vio.

Quince

Verlos ponerse a trabajar es siempre interesante. La gran mayoría de ellos lo hace con desgano, arrastrando los pies, respirando trabajosamente. Pero algunos como que se iluminan por dentro. Se vuelven elásticos, gráciles. Adquieren otro aspecto. Como que fueran más altos; más bellos. Y no es que unos trabajos sean mejores que otros. Es cosa de ellos. Cosa de su relación con su trabajo. El cielo es el mismo, el lago también, y el pueblo no creemos ya que pueda ser otra cosa. De manera que son ellos quienes se transforman.

Lo que nos llama la atención es que el tiempo desaparece. Como si sólo existieran sus manos y lo que hacen. Hay un ritmo. Una como plática de las manos con eso que están haciendo. Por eso hemos terminado por fijarnos más en los hombres y mujeres que en las cosas que forman su vida. Cuando Damián pelea con su padre y le dice: ¿Te crees que me quiero pasar la vida cuidando vacas?, se diría que es un trabajo aburridísimo. Pero cuando Fermín le contesta: Y en cambio vas y te contratas de albañil, tú, que si quisieras podrías seguir estudiando... Y luego lo vemos en la construcción, trepándose por todos lados, raspando el cemento entre ladrillo y ladrillo con unos movimientos secos, precisos, ininterrumpidos, nos damos cuenta: los trabajos no son el problema de los humanos. El problema de los humanos son los humanos.

Cuando Damián trabaja, silba. Quedito, bien entonado. Su cara entonces se vuelve parte de su cuerpo. Su cuerpo se mueve en el espacio como si perteneciera a él, no como cuando va caminando de regreso al pueblo y pareciera que lo llevan a rastras al matadero. Cuando está trabajando es otro Damián. Lo mismo pasa con Pedro. Se les quita lo oscuro.

Es interesante todo esto para nosotros porque nosotros no trabajamos. Sí, nos llevan al lado del ganado; nos ponen dizque a vigilar, pero son ideas de ellos más que nuestras. Correr, ladrar, estar alerta a lo inusual es parte de nuestra naturaleza. Lo hacemos con ellos y sin ellos. Pero trabajar, lo que se dice trabajar, no. Ganarse la vida, como dicen ellos, no. Nuestra gran tarea en este mundo es conservarla. Ganársela a quién. Ellos pareciera que tienen que justificarla y trabajan a manera de ofrenda para los dioses. Es como su destino. ¿Por qué algunos lo hacen con más felicidad que otros? ¿Y por qué los que lo hacen con felicidad, como Damián y Pedro, no son felices?

Entre tanto amanece y oscurece todos los días. Todos los días.

Dieciséis

EN EL PUEBLO HAY bailes muy seguido. Los hacen en un gran terreno al aire libre. Traen grupos de afuera, o tocan las bandas de aquí. A nosotros nos gusta la de los jóvenes. "Las brisas del lago", se llama. Es la banda de los hijos de los músicos. A los mayores ya les da flojera modernizarse. Éstos no hacen otra cosa; hasta bailan cuando tocan. Y por eso les dicen "Los locos".

No nos perdemos un solo baile porque Sabina va también, pero es que a nosotros nos gusta cantar. Hay notas que nos impulsan a aullar con todos nuestros pulmones. Nos conmueven. Siempre somos muchos en los bailes, y aunque no nos metemos en donde están bailando, sí andamos cerca.

Es otra de las actividades que empiezan bien y terminan mal.

Las muchachas se acicalan. Llegan en bolita acompañadas de alguna mamá. Ellos llegan también en grupo, muy limpiecitos, con la cara muy apretada, pero casi todos se van de inmediato a donde están las bebidas. Hay tensión. Tanta juventud suelta, y el asedio amoroso es tan complicado entre los humanos. Tienen que darle tanta y tanta vuelta al asunto, que es de esperarse que en el camino algo salga mal.

Los únicos que parecen realmente felices son los de la banda. Esos sí gozan su trabajo y tocan igual para todos. Toman cerveza los grandes y los medianos. Los chiquillos (porque hay entre ellos chiquillos que tocan la trompeta o el saxofón) toman refrescos. Aunque ya se ve quiénes van a ser los borrachos. La manera en que agarran la botella; la frecuencia de los tragos. A lo mejor como se paran. Algo. Pero contentos ellos. Su estruendosa música llena la noche

71

del pueblo y alcanza los rincones más apartados. Cómo rebotará en el lago, en la luna, allá arriba en el cerrito. Llena, sobre todo, los corazones, pero los deja inquietos. Sólo los mayores que bailan por el gusto de bailar, como Sabina, disfrutan. En las caras de todos los demás hay angustia. Más contenida o menos, pero hay.

Esto es lo que se llama una fiesta; una ocasión social. Es de ellos con ellos. Ningún turista se para por aquí. Es raro. Y por eso debería de ser como en familia. Por eso a lo mejor es cuando salen las verdaderas diferencias. Esa línea irremisible que los divide en dos bandos y los hace odiarse a muerte. La línea que separa a los comuneros de los ejidatarios. Una línea que cruza por entre familias, que hace, según dice Sabina con encono, que el pueblo esté estancado como está: ni para atrás ni para adelante.

Sin embargo nosotros vemos otro problema que sí sabemos entender porque también es parte de nuestras desgracias. También lo tenemos nosotros: los celos. La primera causa de nuestra mortandad son, indudablemente, los camiones. Pero la segunda son los celos. Cuando los celos sobrevienen no hay nada qué hacer. Por eso las madres se ven acongojadas. Por eso en medio de la música se percibe un destello de tristeza. Y por eso, aunque parezca increíble, muchos hombres, pero muchos, prefieren no apartarse de los cartones de cerveza. Platican con la cerveza. Están con ella. La prefieren a los humanos.

Es esta especie de fatalidad lo que nos subleva. Esta mansedumbre con la que todos contemplan cómo se edifica la tragedia. Y luego los vemos llorar a sus muertos desgarradoramente. Caminar sombíos hasta el panteón. Mostrarse melancólicos un tiempo. No es que estemos diciendo que morir sea una tragedia, no. Pero la muerte llega cuando la vida se acaba, no cuando un imbécil chofer, medio borracho, por divertirse mata a alguno de nosotros. Llega cuando se produce el estallido irrefrenable de los celos y los dos contendientes se enfrentan, no cuando los amigos de uno le preparan una emboscada al otro.

Y además existen los accidentes, no lo negamos. Pero ver cómo todos se quedan quietos, mirando, mientras alguien prepara la muerte de alguien; saber que saben que así va a ser...

Hasta ahora Damián jamás se ha quedado a un baile entero. Jamás ha esperado al muertito. Llega, camina un rato por entre la gente, saluda, baila una o dos piezas con Sabina, se toma una cerveza y se va a dormir. Los amigos lo tratan de detener. Le hacen bromas maliciosas con respecto a las muchachas (aquella se muere por ti). Igual se va. Se lleva bien con todos, pero se va. Hasta ahora. Sabina se va cuando se va la música, y la música se va cuando empieza la pelea. Se acaba la fiesta, pero los ruidos en el pueblo siguen mucho rato. Nosotros los perseguimos a ladridos, como queriendo detener el instante final: el cuerpo tirado por ahí; las carreras, los galopes, ese silencio especial que se forma cuando alguien ha muerto violentamente. Ladramos para romperlo, como si con los ladridos pudiéramos cambiar el giro de los acontecimientos. Suponemos que van a dar al lago y ahí se hunden solitarios. Lo que queda de la madrugada es muy frío entonces. Nos podemos imaginar lo que sería este mundo sin seres humanos. Lo tremendamente desolador que sería que no hubiera una mano que encendiera un fuego; que calentara unas tortillas; que echara un grito llamando a alguien. Y nos apiadamos del muerto que ya no verá nada de esto.

La música de la banda todavía retumba en nuestros oídos. Las risas. Las emociones del amor. O la alegría natural, sin explicaciones ni causas, de los chiquitos. Las sonrisas involuntarias de los grandes, que es una de las cosas más lindas que tienen. Esas sonrisas que florecen en sus rostros porque sí. Todo eso nos acompaña en las madrugadas de muerte, y cuando vemos la bruma sobre el lago con su movimiento espeso, sabemos que sabe. Sabe desde hace mucho lo que pasa aquí.

Y luego amanece como si nada. Como si la oscuridad de la noche no tuviera que ver con todos nosotros. Los pájaros cantan con su terquedad de siempre. A ellos nada los va a distraer de este asunto de vivir, de procrear, de alimentarse. Allá pueden estar los humanos llorando a su muertito. A los pájaros qué. Y se diría que Damián es como ellos. Ahí está levantado. Conoce al que mataron. Dentro de un rato se enterará. Pero parece que no quiere saber. Se sale de su casa sin desayunar. Se encamina al cerro. Nos silba. Corremos tras él y de reojo vemos el humo de los fogones de algunas casas. En alguna de ellas estarán velando al muchacho. Damián aprieta su silencio. Debemos formar una silueta bastante tradicional contra el lago. Damián camina a grandes zancadas; nosotros lo seguimos con un trotecito ligero. Las colas enhiestas. La estampa de la vida en el campo: Muchacho con perros. El lago al fondo, recuperando su azul diario. La mañana que comienza. Un ser humano menos que ya no verá nada de esto. ¿Y la muchacha causante de la pelea, qué hará? ¿Estará en el velorio llorando? Pero no tarda en olvidarlo, si es que era éste al que quería. Luego las muchachas ni tienen que ver. Luego ni se enteran de que ellas fueron la causa.

Ante cada muerte así se debería sentir un hueco en el aire. Un vacío que no estaba, pero no, la vida es como las corrientes en el lago: fluyen, fluyen, todo se lo llevan a su paso.

Acá los señores ya encendieron su fogata y toman café. Ellos sí que no saben nada de nada. Damián acepta una taza, un pan. Nos echan un pedazo y ahí está: nosotros también movemos la cola de contento. Es horrible el olvido en el que caen los muertos.

Sabina es la que seguro estará allá en el velorio, consolando gente. Sintiendo alivio de que no fuera Damián, ni lo quiera Dios. Y alguna otra mujer estará aprendiendo a resignarse: si lo quiso Dios... No le alcanzan a uno los ojos para ver todo lo que sucede. Por eso mejor los cerramos y con la piel sentimos los momentos. No tardarán en oírse martillazos, palas, sierras. Esos sonidos que edifican el día común y corriente y que parecen tragarse a Damián, a quien vemos pasar de aquí para allá con la atención suspendida. Ya sus compañeros de trabajo le contaron y entre ellos siguen comentando. Damián sólo dijo: Allá ellos. Sus líos.

Pero a lo mejor por eso decidió quedarse a dormir el sábado. Acá en la construcción. Con los señores. Que dizque le iban a enseñar a hacer la instalación eléctrica. En el tendajoncito de las herramientas puso su gabán y a dormir. Los señores en su tienda de campaña y nosotros cerca de la fogata. Damián no permitía que desapareciéramos de su vista un minuto. Hubiéramos querido bajar al pueblo; ir al entierro del muchacho; estar con Sabina.

El silbido imperioso de Damián.

Obedecemos.

Nos quedamos todo el domingo acá arriba y descubrimos lo que se siente no oír el pueblo (y de todas maneras ver el lago).

La vegetación está polvosa, reseca. No falta tanto para las lluvias, pero algo. El frío fuerte se ha quitado. La primavera. Ellos, los señores, hablan de la primavera. Desde hace días ya. Hablan también del colado. De la barbacoa que van a hacer para los trabajadores. Quieren invitar a Sabina. Está bien. Para nosotros todo está bien. Vamos, venimos, los vemos afanarse. Escuchamos lo que dicen. Que hoy es domingo, estuvo diciendo la señora a la hora del desayuno. Que qué diferencia del domingo en la ciudad. Que por primera vez en su vida disfrutaba un domingo.

Eso nos intrigó porque para nosotros los días no tienen nombre, los años no tienen estaciones. Es sólo el día que sí tiene momentos. Pero es más que nada esto de la ciudad lo que nos llama la atención. La manera en que a veces hablan de la ciudad.

—¿Tú has estado? —le preguntaron a Damián no hace mucho.

—Muy de chiquillo. Casi no me acuerdo. Sólo me acuerdo que sentí mucha gente.

Sabina nunca ha ido.

—Es que los domingos allá —dijo la señora sorbiendo su eterno café— son de una melancolía estrujante. Es cuando más sientes la tiranía de la familia. O sea, es cuando más ves la mentira de la familia.

—¿Por qué? —preguntó Damián.

—Se sienten obligados a estar juntos; a pasear; a comer en restoranes. Es muy impresionante porque a todos por igual les ves la incomodidad. Ninguno se expresa con libertad. Ponen gestos rígidos. Pareciera que cuentan los minutos que faltan para que se acabe el domingo.

Damián, evidentemente, pensaba en su familia y en su mala relación con todos.

—¿Y para qué salen juntos si no la pasan bien?

—No se atreven a quedarse solos. Les da miedo. Todo en la vida de la ciudad los induce a estar en familia, pero principalmente el sistema... la manera en que somos gobernados, pues.

—¿La costumbre?

—Sí, la costumbre de copiar imágenes. ¿Cómo es en el pueblo? ¿Qué hacen los domingos?

Lo mismo que todos los días. A lo mejor se emborrachan un poco más. Van a la iglesia unos. Meriendan en los puestos que se ponen en la plaza. Mucha gente va al panteón los domingos.

(Con Sabina).

—Pues sí. Es la ciudad la que hace los domigos así: tristes. Hasta los pobres niños se aburren. Aquí se siente relajamiento. Respiro. Los ruidos de todos los días cambian. Hasta las vacas parecen descansar.

Damián se rió: las vacas.

—Los perros —nos señaló— no ladran, no corren. Descansan también.

¿Nosotros? ¿Cuándo fue que nos cansamos?

—Un día te vamos a llevar a la ciudad para que te toque un domingo y veas.

Queremos ir; queremos ir.

Damián sonríe entre divertido y confundido, como cada vez que habla con la señora. Se siente más a sus anchas con el señor. Hablan de trabajo, no de cosas. Ella como que abre la boca y deja que le salgan las palabras solitas. Eso que todos pensamos, sentimos, vemos, a ella se le convierte en palabras. Porque Sabina es muy platicadora, pero de otra manera. Pregunta cosas. Habla de la gente. Cuenta lo que pasó. Es de otra manera. A lo mejor, con tanta gente como dicen que hay en la ciudad, todos terminan hablando solos, porque eso es lo que la señora hace en realidad. Habla sola para ver sus palabras. Para verlas elevarse en el aire y caer al lago. Como el humo de su cigarro. A nosotros también nos dice cosas:

—A ver perritos, háganse para allá que voy a pasar.

O nos dice:

—Espérenme aquí que les voy a traer unos huesos.

Como que si no pusiera las cosas en palabras éstas no existieran. Cuando Damián y el señor se van a estudiar lo de la instalación eléctrica, ella se pone a escribir en su cuaderno y ahí se queda a dale y dale. Pobre.

Pero al rato, con nuestro ladridos, salieron todos a ver. Era la niña Irene, la hija de una vecina de Sabina. Una chiquilla tímida, bonita, que no conseguía alzar los ojos para saludar. Murmuró el buenos días con esfuerzo tremendo. Todos mirándola. Parece que era el señor con su barba que la intimidaba. Nosotros movíamos la cola y la olisqueábamos. Olía al pueblo, a otros perros, los de su casa. Era como brisa amigable.

—Que dice tu tía si no vas a bajar a almorzar. Que aquí te manda una muda de ropa.

Damián, que sonreía al ver el trabajo que le costaba hablar, se puso hosco.

—Llévatela, no la necesito. Dile que gracias. Luego paso.

Y se alejó con el señor, mientras la niña quedaba ahí paralizada frente a la señora. Ahora le va a hablar, pensamos.

—¿Quieres una fruta para el regreso?

Asintió con la cabeza la niña mientras miraba todo lo que podía. Estos niños del pueblo tienen unos ojos grandotes, insaciables, inquietos. Con los turistas sobre todo. Con los objetos de los turistas. Suponemos que a Irene le llamaba la atención la tienda de campaña, de un color azul eléctrico; las bolsas de dormir tendidas al sol. La lámpara de gas. El radio que sonaba bajito o la máquina de escribir de la señora. Miraba cada cosa largamente y con lentitud pasaba a la siguiente. Para platicar en la escuela al otro día, a lo mejor en su casa. O para contarle a Sabina.

La señora regresó con un vaso de coca cola y una manzana. Los ojos de la niña rápido se volvieron a clavar en el suelo. Ahora le va a platicar, pensamos. Pero no. Se regresó a donde estaba escribiendo y se oyó la máquina. Esto pudo más que la timidez de la niña. Con suma lentitud se acercó a la señora, como hipnotizada. La señora se dio cuenta, pero hizo como que no. Siguió escribiendo con la niña ahí, mirándola, mirando la máquina, las manos que volaban sobre el teclado, el cigarro en la boca, los anteojos de la señora.

Nuestros chiquillos son retozones, inquietos, atrabancados, pero esta capacidad de maravillamiento no tienen.

En eso pasó Damián cargado de cables y le gritó sin detenerse:

—¿Qué haces ahí, Irene? Vete ya a avisarle a mi tía.

Como despertada a sacudidas, la niña se bebió la coca cola de un tirón y puso el vaso sobre la mesa de la señora. Musitó un "gracias" inaudible y agarrando la bolsa con ropa echó a caminar. La manzana la llevaba muy apretada en la otra mano. No hicimos ningún intento por seguirla. Nos quedamos ahí, adormilados, viéndole las piernecitas flacas.

Diecisiete

Oscurecía ya cuando Damián nos silbó para regresar al pueblo. Había una como luz oscura, clara todavía, pero triste. El lago era gris mientras caminábamos. Hay un muerto en el pueblo, pensábamos, por eso se pone así el lago. Hay lágrimas hoy. Hay tragedia. Medio se nos había olvidado allá, en la construcción. Los ires y venires de la señora; las palmaditas que de cuando en cuando nos da en la cabeza, la comida, la voz de Damián tan tranquila, los objetos distintos, hicieron que se nos olvidara la muerte.

Ahora regresábamos y el aire se sentía de veras triste. Damián silbaba quedito al caminar. ¿Qué pensaba? ¿Lo que le había dicho el señor del otro lado? ¿O en el muerto? Al fin y al cabo era amigo suyo. No mucho, pero era. O a lo mejor lo que le diría a Fermín, su padre.

El pueblo abultó a lo lejos. Las luces de los focos lo delinearon. Estaba igual que siempre a esas horas: un pueblo a punto de dormirse, arrebujado en su silencio. Quien pasara por la carretera a esas horas sólo vería esas luces aisladas y no podría saber nada. Tendría que pasar de largo creyéndolo en calma.

Los ladridos de nuestros compañeros saludaron nuestra presencia como diciendo: ah, por fin, y nos detuvimos en casa de Sabina.

—¡Muchacho!, ¿pero qué andas haciendo? Tu padre está furioso, mejor que ni te vea.

—Estuve trabajando —repuso hosco Damián—, ¿qué no puedo?

—Ni sabes el borlote que armó tu tío Pedro. Qué escandalera, Virgen Santa. Anduvo tomando todo el día de ayer y luego nadie podía convencerlo de que no eras tú el muerto. Vino a pelearse con Fermín, se fue a gritarles a los de la banda que ellos tenían la culpa y luego se sentó a llorar en el kiosco. El trabajo que nos costó meterlo en la casa.

—¿A llorar? ¿Por mí? Si ni me pela.

—Eso te crees. Los quiere mucho, pero sobre todo a ti. Dice que eres como él.

—Me lleva la...

—Pero ¿por qué no avisaste? Dicen que te vieron en el baile y que luego desapareciste...

—¿Pues qué no hasta bailé con usted? Me fui temprano a dormir porque me aburrí.

—Y tu padre dice que ni dormiste en la casa...

—¿Y dónde más? No me oyó llegar. Yo no tengo que andarle avisando a qué horas entro. Pero, oiga, tía, lo que sí no entiendo es lo de mi tío Pedro. ¿De cuándo acá le preocupo?

Y un día después, a Fermín, su padre, le dijo cuando éste le comentó el escándalo de Pedro:

—Cosas de borracho.

—Pero también tú, que ni te preocupas en avisar por dónde andas. Un día nos vas a encontrar a todos muertos y no vas a saber ni por qué. Me das más problemas que si tomaras. Casi lo preferiría.

—Pues no me gusta el licor —repuso brusco Damián, sin querer mirar hacia donde la madre los espiaba. Mejor nos miró a nosotros, que estábamos echados por ahí con un ojo puesto en las gallinas que picoteaban la tierra.

—Andas diciendo mucho lo que no te gusta. Por todos lados andas diciéndolo: que estudiar, que el pueblo, que el licor. ¿A qué horas vas a empezar a decir lo que sí te gusta?

Damián dio un paso en dirección a su cuarto:

—Me tengo que cambiar para irme a trabajar.

Fermín iba a añadir algo en el mismo tono, pero conteniéndose, suspiró, nos miró brevemente y murmuró:

—Pasa al menos a ver a tu tío Pedro para que vea que no te hicieron nada —y se encaminó al zaguán. Uno de sus zapatos nos pasó rozando, pero ya nosotros detectamos muy bien cuándo los zapatos vienen hacia nosotros y cuándo simplemente nos pasan cerca. No nos movimos. Las gallinas, confiadas, seguían cacareando por ahí. Era lunes muy temprano.

No sabemos para los humanos, pero para nosotros los lunes tienen un azul adentrado, triste. Un azul como el lago, que sepamos, no sabe tener. Es azul de cruda. Azul de vuelta a empujones a la realidad. Azul de no ir a trabajar aunque el día resulte lo más triste del mundo. Echados a la puerta de casa de Fermín y mientras esperamos a Damián, vemos el aire turbio de esta mañana. No que esté nublado; no que no esté el sol como todos los días, o las plantas recién regadas; no que no veamos a las mujeres apresurándose al molino o barriendo la calle enfrente de sus casas. No. Es que todo está como adolorido. En el aire se sienten magulladuras. Ya no hay coches de turistas, no hay música y borrachos apenas si quedó alguno por ahí babeando en el suelo. Es en el alma de las cosas en donde se siente esta derrota a la que conducen las fiestas.

Allá van los niños a la escuela. Van corriendo y platicando y riendo. A lo mejor muchos presenciaron gritos, golpes, llantos. De eso no hablarán. Aunque a muchos se les vea un aire tristón, todos lucen un asomo de sonrisa. Damián de chiquito era así. Luego se le fue quitando.

Quizá lo más violento en estas mañanas azules sean los radios que la gente pone a todo volumen para apagar el sonido de la vida.

Los perros ladraron muchísimo el día que llegó a la casa. Damián miraba desde el corral, asustado. Casi no podía caminar, murmuraba algo arrastrando las palabras. Válgame Dios, sólo dijo Sabina, ayudándole a Fermín a meterlo. Ladraban furiosos los perros y Damián estaba como paralizado. Cualquier niño de pueblo está acostumbrado a ver borrachos. Son por lo general inofensivos. Se van haciendo un montoncito maloliente en las esquinas. No hacen nada. Y hasta los que gritan o agitan un brazo amenazante son cosa de risa: no pueden dar ni un paso. Pero éste era grandote, gordo y decían que era su tío. Que iba a vivir ahí.

Damián tenía seis años.

En los días que siguieron apenas si lo vio. Se le empezaba a olvidar cuando una tarde en que estaba con Sabina en la tienda entró de golpe hecho una furia. Tenía la cara enrojecida.

—¿Dónde pusiste mi dinero, jija de la chingada?

Sabina, que no lo había oído llegar, se sobresaltó. Agarró a Damián de un brazo y lo empujó hacia adentro.

—¿Cuál dinero? ¿A poco yo te voy a andar agarrando tu dinero?

—El que traía en los pantalones. ¿Dónde lo escondieron, con un carajo?

—Yo qué voy a saber, y no me vengas a gritar aquí. Vete a buscarlo en tu cuarto. Aquí no me vengas a gritar.

Se fue y Damián no volvió a verlo como en diez días.

Y una mañana que regresaba de la escuela, estaba en la tienda de Sabina. Tomaba cerveza:

—A ver, chamaco, ven acá. —Aterrado, se acercó Damián con la vista baja.

—Con que tú eres mi sobrino, ¿no? ¿Eres el mayor?

Damián negó con la cabeza sin dejar de mirar al suelo. El hombre le agarró la barbilla y lo hizo alzar la cara.

—Te estoy hablando. ¿Cómo te llamas?

—Damián —dijo con voz chiquitita.

—¿Y te gustaría ser carnicero como yo?

Damián dijo que no y trató de zafarse. Oyó los pasos de Sabina.

—Ya deja a ese chiquillo en paz, ¿qué no ves que va a llorar?

El hombre se rió fuerte. Le dio unas palmaditas en la cabeza y lo dejó irse.

—Yo le voy a enseñar a que no llore, ora verás.

Damián desde entonces se fijaba en él: gritón, grosero, borracho, aturdido, cantando, hosco, solitario. De lejos. Procuraba siempre que él no lo viera.

Dieciocho

—Cosas de hombres más bien —le dijo Sabina a Fermín, cuando éste vino a quejarse con ella—. Tú eras igualito de joven.

—Dónde vas a creer. Yo no me acuerdo de haber sido así para nada. Hice mis estudios y trabajaba al mismo tiempo. Si hasta tú me decías que me saliera a divertir un poco.

—Ahí tienes, igualito que Damián. No saben qué hacer con ustedes mismos. No saben qué sienten y por eso no saben cómo curárselo.

Se reía. Pensar en la cara de Damián cuando caminaba esa mañana hacia el cerro y ver la cara de Fermín mientras hablaba con su hermana, y la risa de Sabina como trasfondo, nos caía bien. Nos devolvía la paz.

—No, hermana, algo hay con ese muchacho. Algo trae atorado.

—Ya se le pasará. A todos se nos pasa todo. Ya ves, hasta Pedro...

—¿Y por qué todo este entusiasmo por esos fuereños? ¿Qué se quiere ir para la ciudad?

—Más bien ellos son los que se quieren venir para acá. No son ellos. Le gusta el trabajo.

Ahí están mientras la mañana se escurre con su lentitud de todos los días: Fermín apoyado en el quicio de la puerta y Sabina en el mostrador, como si no lo hubieran hecho cientos de veces; como si algo se moviera en esta vida idéntica... o fuera a cambiar. Y no obstante cada día se siente como nuevo, como si fuera el primero o fuera a ser el último. Esa cosa tienen de incomprensible los humanos; esa gran diferencia con nosotros: se inventan la esperanza y luego hacen como si no se dieran cuenta que les falla. Nosotros no hacemos planes, no soñamos y no contamos los días. Simplemente estamos. A lo mejor por eso tenemos tiempo para ver y oír lo que les pasa.

Allá van todos, ocupados con sus cosas, con la cabeza gacha, las manos apretadas. El cielo, además, amaneció nublado, lo que al lago le da un aire adusto, como si él también estuviera atorado en algo. Es entonces cuando descubrimos que queremos a este lugar; aquí nos tocó vivir.

Quién no ha visto caminar por el campo a un hombre joven, un muchacho casi, con paso firme y seguro, seguido de perros o solo. Quién no ha percibido de golpe que aunque sea de campo ya tiene otra manera de pertenecer. Véanlo subiendo por el cerro: Damián. Es alto y delgado. Bien hecho. Lleva sus pantalones muy ceñidos, camisa a cuadros, botas (Damián no lleva nunca sombrero. No le gusta. O lo decidió así para copiar a Sabina que no usa rebozo). Los pasos largos, las manos en los bolsillos. La mirada se extiende a lo lejos. Sabe acomodarse entre los cerros. Puesto en la ciudad, más allá de la terminal de autobuses, Damián sufriría un cambio. O se hace como los de la ciudad y al rato deja de ser Damián, o se vuelve feo. Se vuelve campesino como allá entienden el término: un ser burdo y torpe, lento hasta la tontería.

Acá no. Acá tiene 19 años y el mundo parece sonreírle animosamente. Que él no se dé cuenta (va sumido en sus pensamientos) es otra cosa. A los 19 años nadie mira el mundo. Se mira uno a uno mismo con inquietud, con incomodidad la mayor parte del tiempo.

Se pensará que es por la discusión que acaba de tener con su padre, pero no. Ya la ha olvidado. El padre en esta etapa de la vida de Damián es una sola frase: no me entiende.

Tampoco es por el muchacho muerto en el baile, aunque lo conocía. Se le ha olvidado también, mostruosamente si se quiere, pero se le ha olvidado igual que se le olvida todo lo que sucede en torno a él. O no es que se le olvide, es que todo lo vive como una gran mancha borrosa. Sabe que él está dentro en algún sitio preciso, pero no logra definirlo, y eso es lo que lo ocupa primordialmente. Lo que lo atormenta.

Por eso le gusta andar seguido por sus perros. El que lo reconozcan, que lo obedezcan, que lo miren esperando, buscando entenderlo, le da un sentimiento de seguridad. Sabina dice que los trata con brusquedad, pero esa es la brusquedad de Damián con todo y con todos. Véanlo: camina como si aplastara culebras. Se ablandará un tanto cuando llegue a la construcción, pero no porque los patrones lo impresionen, más bien porque lo intrigan. Son una manera de ser hombre y mujer que él no había visto.

Véanlo como llega y saluda: hosco y tímido. Acepta un café y ya desde ese instante cae en un olvido de sí mismo, una tregua, un rato de descanso. Ni se acuerda de que los perros se quedaron en el pueblo. Véanlo moverse por el terreno, en torno a la construcción: sus movimientos son exactos, placenteros por eso. Sus manos se han vuelto sensuales: saben lo que palpan. Su conciencia anda desperdigada en ese todo que le resulta como otro planeta. Un lugar en donde puede comenzar a desenmarañarse.

Después de todo, a los 19 años, sea uno de campo o no, se es un nudo. Damián no tenía por qué ser diferente.

Diecinueve

ERA NUBLADA AQUELLA MAÑANA cuando el señor dijo:

—¿Y qué piensas hacer en el futuro, Damián? —alzamos las orejas de inmediato, pero no la cabeza. Quietos, quietos. A ver ahora Damián cómo se iba a salir de ésta. Tantas veces al día le preguntaban lo mismo. Pero ahora era el señor, con quien él solía hablar.

—¿El futuro? —murmuró titubeante.

Se disponían a hacer el colado del techo. Había más trabajadores que de costumbre; en el aire se sentía un fuerte nerviosismo. Miraban el cielo con frecuencia.

La señora había preparado una gran comida. Había tres cartones de caguamas. Se les había olvidado invitar a Sabina. Estaban por empezar y al señor se le ocurre preguntar: ¿Y qué piensas hacer en el futuro, Damián? En día de colado...

—¿El futuro? —murmuró titubeante, mirando a sus compañeros que iban y venían con risas y comentarios, preparando lo que es la gran carrera contra el tiempo.

Pero en eso se acercó la señora con el café y preguntó por centésima vez:

—¿Seguro no va a llover?

—No —dijo Damián con seguridad; con alivio— creo que mejor ya no tomo café. Vamos a empezar.

Así se quedó la pregunta en el aire y luego, poco a poco, fue viéndose cubierta por las cubetadas de cemento que Damián iba aplanando a toda velocidad.

Un ritmo. Eso es el colado. Un ritmo perfectamente acoplado entre los que mezclan el cemento, los que lo suben al techo y Damián, que en cuclillas lo va esparciendo con la cuchara, aplanando con esos golpes breves, precisos. Un ritmo que se le monta al día y lo doma. Que domina a la

87

naturaleza. Todo en torno a esta construcción parece contener el aliento. Los árboles se diría que se hacen a un ladito para no estorbar. Esto es cosa de hombres. Nosotros también nos mantenemos alejados. Nos adormece el sonido de la pala mezclando el cemento: es rasposo, es continuo, es gris. Ahí los hombres platican y ríen pero no dejan de moverse un segundo. Los que suben las latas llenas aprietan el silencio de sus fuerzas, lo vuelcan en donde Damián les indica, y bajan bamboleando las latas vacías. El señor y la señora merodean por ahí sin saber bien en dónde ponerse. Es raro ver cómo les cuelgan los brazos inútiles, cómo no se hallan, no se alejan de aquí y se van a sus cosas, si aquí no pueden hacer nada. Raro verlos tan tensos y tan pendientes, casi como asustados. ¿Por qué hoy, justamente, no trabajan? Media hora, una hora, dos horas. Son jóvenes todos los trabajadores; nervudos; recios, pero cómo aguantan. Lo grave de estos colados es que no se pueden interrumpir, como hacen los trabajadores en otras tareas (para mirar el lago unos segundos o fumarse un cigarro mientras platican tantito). Aquí el ritmo se va tensando, se va poniendo serio y ellos cierran los labios y a darle. Ni una palabra ha dicho Damián en toda la mañana. Trepado allí arriba y en cuclillas ha ido retacando el cemento y aplanándolo con una pericia rara, como antigua (no sabíamos que sabía). Si su padre lo viera tendría que sentirse orgulloso de él. Pero está visto (por nosotros al menos) que los padres nunca sabrán algunas cosas de sus hijos, y al revés también. Eso que entre verdaderos amigos sí sucede: conocerse a fondo.

Estamos muy conscientes de nuestra comodidad. Cuando el calor arrecia nos desplazamos perezosamente hasta una sombra y ahí nos desplomamos con un suspiro. El ruido de las paladas de cemento ha sustituido al del viento.

De sopetón se hace el silencio. Erguimos el cuello. Husmeamos. Una urgencia nerviosa recorre las hojas de los árboles y llega hasta nuestro olfato. Han terminado la primera parte. A comer. Casi de inmediato se desatan las voces de los hombres, que bromean, se lavan las manos, estiran los brazos. A comer. El señor y la señora han desplegado una actividad febril. Acomodan platos en la mesa, sacan cartones de cerveza; traen una olla gigantesca con mole y un montón igualmente gigantesco de tortillas. Se les olvidó invitar a Sabina.

Inevitablemente nos acercamos. Quién esperaría otra cosa. Y empiezan a pasar los hombre a servirse. Tímidos, torpes, mudos. Damián es quien es ahora desenvuelto. Los anima, les hace bromas. A él le sirven al último.

Y luego nosotros, porque la señora, a diferencia de la gente del pueblo, quiere que comamos al mismo tiempo que ellos. De todas maneras vamos de nuestros platos (aquí nos ponen un plato) a donde se sientan todos, ya que la costumbre es esa: mientras comen, nos van echando pellejos, huesos, tortillas. Hay que estar ahí.

Comen también los señores, y tratan de hacer conversación. Siempre tratan, no sabemos por qué. Que si han hecho muchos colados en su vida; que si cuántos hijos tienen; que si han trabajado del otro lado. Que si quieren más.

El sol se asoma tibio entre las nubes. Uno de nosotros ladra por no dejar. Los hombres se toman una última cerveza. Damián los apura: nos falta la mitad. Lentamente regresan a la construcción y vemos que los señores ahora sí tienen algo que hacer: recoger. Y lo hacen muy despacio, con muchos movimientos, al tiempo que las palabras se renuevan.

Hay paz. Tenemos el estómago lleno, también eso. Pero sí hay paz en este trabajo de la gente, aunque el ritmo se vaya volviendo más y más frenético; aunque la casa vaya creciendo y no vaya a guarecer a quienes la hacen sino a quienes la pagan.

La tarde cae con gran lentitud; como el sol no brilló del todo hoy, se diría que la tarde se dilata en desaparecer. Que también disfruta de esta paz y retrasa en lo posible la noche.

Veinte

EN EL PUEBLO HAY radio y televisión. Hay videocaseteras, licuadoras, aparatos pues. De esos que la televisión dice que son el progreso. Los que tienen dinero los compran. Cuando pueden, los presumen. Muchas cosas llegan del otro lado gracias a los que han ido a trabajar allá. Pero muchas otras las traen gringos, unos que cada tanto se aparecen aquí con un camión lleno de baratijas. Venden todo. La gente compra: es del otro lado. Estas operaciones las miramos con ojos indiferentes. Nada significan para nosotros (ni para ellos, pero ellos no lo saben. Sin embargo, esto de comprar y vender es una de sus grandes pasiones: las tienditas. Las misceláneas, que las llaman. En el pueblo hay por lo menos dos en cada calle y, continuamente, frente a las casas, surgen puestecitos en donde se venden frutas, verdura, dulces. Todos idénticos a los otros. Les ha de gustar, creemos. Les ha de gustar vender. Luego vemos que ese es uno de los juegos favoritos de los niños: la tiendita. Con tierra, con piedritas se venden un kilo de frijol, dos de maíz. A veces nos quieren usar dizque como vacas o como caballos para vendernos.

Una de las tiendas del pueblo es la importante. Es la que tiene el teléfono. Dicen que tuvo su época buena, pero un día robaron. Desde entonces el dueño vive asustado y no saca ni la mitad de la mercancía a la venta. Ha dejado que se llene de polvo y desorden; de tristeza. Pero es definitivamente la más concurrida. Por las mañanas es la hora de las mujeres que luego de comprar lo que necesitan, se comen un flan y se quedan ahí horas, mirando para enfrente. A mediodía es de los muchachitos cargados de libros; vienen por sus refrescos. La primera hora de la tarde es de los niños chicos que vienen por un dulce. En la nochecita el pan, y a todas horas el teléfono. Las largas horas del teléfono que, pese a todos los aparatos que pueda haber en el pueblo, sigue dominando el ánimo de la gente: el sueldo de los maestros que no llegó; la noticia ansiada del hijo lejano; el anuncio de una enfermedad.

El recado.

Es como irreal el teléfono. Como brujo severo y caprichoso: no entra la llamada. Dicen que ahí no lo conocen. Está ocupado.

Y la gente se quita de la cola. Se sale de la tienda. Se va a sus cosas.

Nada, pero nada de esto le interesa a Damián. Y parece que tampoco a Sabina, jamás la hemos visto por aquí.

A doña Gude, en cambio, sí. Viene para llamar a sus hijos que viven en Zamora. Dos hijos grandes, con muchos chiquillos cada uno. A veces la vienen a visitar. Pero vienen en la mañana y se van en la noche porque no caben en la casa de doña Gude. Ella vive sola. Es viuda. Y es la única amiga de Sabina. Eso porque era amiga de la madre. Los domingos van juntas al cementerio. Sabina a limpiar la tumba de su madre y doña Gude la de su marido. Y allá van, a risa y risa cada domingo. No entendemos una cosa: Si las dos mujeres están solas y son amigas, ¿por qué no viven juntas? Pero parece que los humanos entienden la compañía, la muerte, el amor, todo, de otra manera. Parece que el recuerdo tiene mucha importancia. Parece que así le hacen ellos y así les gusta.

En todo caso, cuando podemos, andamos tras ellas. Para nosotros son especiales, distintas. No sólo porque no nos pegan sino porque traen su risa para todos lados, y es una risa buena, de chiquillas, clara.

Doña Gude, cosa rara en este pueblo, quería a su marido. Lo respetaba y era feliz con él. Cosa rara porque la gran mayoría de la gente no sabe ni por qué se casa. Y luego se sumen en ese mutismo hosco. Ella no. Realmente era feliz con él y tal vez por eso vive ahora sola en santa paz. Tiene sus recuerdos, le dice a Sabina, para que la acompañen. Hace todo lo que hacía antes más lo que hacía él y nadie la oye quejarse nunca. A veces Sabina le pregunta por los hijos. ¿Por qué no la ayudan un poco? ¿Por qué alguno de los nietos no la acompaña? Gudelia se encoge de hombros: cada quien su vida.

—Y no me quiero ir para allá. Aquí está enterrado mi señor, aquí me van a enterrar a mí.

Así de sencillo lo formula y así de sencillo lo vive. La vemos pasar para la leña. Allá va sola. Como si la vida fuera una mañana, una tarde, un día cualquiera que hay que tratar de vivir bien. Para ganarse unos pesos, borda. Hace cojines o colchas en punto de cruz. Y ahí puede estar sentada en su casita, cose y cose. En la cabeza seguramente le han de revivir momentos bonitos. Luego se va a visitar un rato a Sabina. Es cuando la tienda se llena de risas y si Pedro anda por ahí borracho, se mantiene quieto. Cuando está doña Gude no se mete con su hermana.

Veintiuno

POLVO, POLVO, POLVO POR todos lados menos en el lago. Es lo
único que tiene un aspecto fresco, rozagante, aunque dicen
que en cada temporada de secas se evapora un poquito
más. El polvo. Es rojizo; es muy fino. Se mete por todos lados. Lo respiramos; lo tragamos; se nos pega en el hocico
(y a los niños en la cara). Con brío redoblado lavan ropa las
mujeres. Sabina pasa un trapo húmedo a las cervezas antes
de meterlas en el refrigerador. Damián lustra sus botas. Pero
el polvo está por todas partes electrizando el aire, ponién-
donos nerviosos a todos. Los árboles tienen un aspecto rojizo. Los camiones dejan una nube densa a su paso. Los caballos lo espolvorean. Cada año esperamos las aguas con la
misma intensidad; mil veces mejor el lodo, pero que todo
se lave; que brille. La gente dice que estamos en primavera,
que es cuando la naturaleza se renueva. Pero con este polvo apenas podemos creerlo. Todo es seco y la gente extrae
sus estados de ánimo de la naturaleza.

De repente se nubla y con esperanza miramos el cielo.
Parece hincharse y estar a punto de darnos nuestra bañada,
pero así se queda toda la tarde y nada. Eso nos pone de
malhumor. Hombres y perros andamos ariscos. Un poquito
de humedad apenas en la madrugada, pero no dura nada.
El sol gobierna en esta época. Se burla del lago en su eter-
na competencia. Te voy a secar, te voy a secar, parece pro-
meterle burlón. Y nosotros viendo.

Es finitito el polvo, como talco. Al caer la pisada sobre él
se levanta como un suspiro y se pega a todo lo que queda
junto. Se trata, pues, de armarse de paciencia, de dejar que
pasen los días. Por el cerro se ven aquí y allá nubecitas de
humo que al principio tienen un aire inocente. Son los
campesinos que queman maleza preparando la tierra para

las lluvias. Pero esas nubecitas al rato se multiplican. Son también los madereros que fingen perder el control de sus fogatas para medio quemar algunos árboles y así tener pretexto de talar muchísimos más. Damián los odia. Cada vez que distingue una de estas nubecitas, murmura sombrío: hijos de su... Sabina, su padre, su tío lo miran sorprendidos: ¿Y éste?

Y es por estas fechas que se hace la fiesta del pueblo. Todos tienen que ver con algo. Unos con la iglesia, otros con la música, otros más con la comida. Todos sienten que la fiesta es suya y el pueblo se engalana todo lo que puede. Llegan juegos mecánicos, puestos de comida, vendedores de ropa... Los que se han ido del pueblo regresan para este día. La escuela no interrumpe clases, pero no es un día común y corriente. Los niños a duras penas se mantienen en sus sillas; los ojos se les van por todos lados. Hay mucho murmullo. Los maestros fingen que no pasa nada aunque las campanadas de la iglesia los desmientan.

Nosotros, en un día así, nos hacemos más al margen. Si en cualquier día nos atropellan, cuantimás el día de la fiesta. Pero nos quedamos para ver. Nos quedamos porque es la fiesta del pueblo. Nos quedamos porque no tenemos a dónde ir.

Allá está Damián hablando con sus amigos que vinieron para la fiesta. Viven en Monterrey sus amigos; lo quieren sonsacar para que se vaya con ellos. Sabina los escucha con gesto escéptico. Damián con gesto impenetrable. Hacen demasiado ruido los amigos. Son tres. Hacen demasiado ruido para que sea cierto lo que dicen. Damián no les ha dicho que está trabajando en la construcción.

Aunque la verdad, el ruido en todo el pueblo es algo que no se puede creer; parece acallar la angustia soterrada de todos los días. La fiesta es de todos, pero cada uno hace su fiesta e ignora la del otro. Ninguno de nosotros ha movido la cola todavía. Damián nos chifla distraídamente. Sus amigos nos miran sin vernos. ¿Qué les pasó a estos muchachos? Eran de aquí y ya no lo parecen. Sabina le recuerda a Damián que le prometió acompañarla a la iglesia. Él asiente. Los amigos se miran entre sí; se despiden; se quedan de ver en el baile después de los toros. Damián asiente. Los turistas van y vienen, entran y salen, miran sin ver, como siempre. Damián nos llama y nos echa el cucurucho de papel en el que venían los cacahuates que estaba comiendo. Movemos la cola leales. Sabemos que tarde o temprano hoy habrá comida. ¿Y los señores de la construcción? ¿Allá estarán solitos? Porque hoy nadie fue.

Sabina comienza a cerrar la tienda. Damián la espera y mira a lo lejos para ver si ya viene Gudelia.

—Esta mujer... —dice.

Damián hace un gesto. Ir a la iglesia no es algo que le fascine hacer. Hizo su primera comunión con los demás chiquillos cuando estaba en la primaria, pero eran tantos que no pudimos fijarnos en él. En todo caso, en la iglesia el que parece emocionarse siempre es el padre. Habla interminablemente. Los chiquillos se sientan muy juntos, todos vestidos de blanco, formales. Los preparan para esto y tal vez por eso se ponen medio nerviosos. Les preguntan cosas, como en examen. (¿Quién es Dios? ¿Quién es Jesucristo?) Y aunque tienen que contestar en bola y nadie se daría cuenta si contestan mal, ellos quieren hacerlo bien. Aunque estén preparados al aventón, porque a quién realmente le importa lo que el chiquillo está pensando o sintiendo, ellos quieren hacerlo bien. Le ponen mucha atención a sus crías los humanos, mucha más que nosotros a las nuestras. Los echamos al mundo y ya. Que sobreviva el que pueda. Hasta hay veces en que nos los comemos. Pero lo que los humanos hacen con las suyas es heredarles su infelicidad. A lo mejor Damián se ha dado cuenta de eso desde muy niño y por eso ha sido tan hosco; por eso se quiere ir; por eso nada le interesa.

Pero mírenlo, ahí viene con Sabina, muy serio. En lugar de haberse ido al billar a Pátzcuaro con sus amigos. Si dijo que la compaña, la acompaña. En la iglesia va a hacer todo lo que el padrecito ordene: que se hinquen, que se pongan de pie, que se sienten. Va a respetar la expresión conmovida de Sabina, quien reza con sonoros murmullos pensando quién sabe en qué. Creemos que ni reza; platica con su madre. Eso es lo que ha de hacer.

La misa de hoy es cantada porque es la fiesta del pueblo y mal que bien eso les importa a todos. Antes de emborracharse, una buena misa, han de decir, no está de más. El padre sabe que es su momento de gloria y se tarda entre pausa y pausa del sermón. El lago está allá afuera contemplando la fiesta. Es raro que no lo incluyan a él. Que no se le dedique alguna parte de la fiesta. Al fin y al cabo es tan del pueblo como cualquiera de nosotros. También debería haber un día del perro. Sí, sí, ¿por qué no? Si hay un día del niño, de la madre, de los novios, de los artesanos, del músico, debería de/ahí viene Pedro. Viene a darle gracias a la virgencita de que no se murió en la última borrachera, y a pedirle que lo cuide en la de hoy. Damián lo ve y aparta los ojos de inmediato. No quiere que se vaya a venir para acá; hace como que oye a la estudiantina que ya va a empezar a tocar. La mira quieto, concentrado.

Y es cuando la ve.

Por primera vez la ve. A Yadira.

Las misas cantadas de pueblo son una auténtica muestra del recogimiento humano. Pese al boato de las iglesias, al aspecto suntuoso del sacerdote, al lujo del espacio, lo que impresiona realmente es la actitud de la gente. La religiosidad de la gente. Hasta los perros parecen conscientes de la seriedad del momento.

Ahí están todos: los matones y sus víctimas; los miserables y los más miserables; las muchachas y las mujeres. Los chiquillos. En medio de ellos, el sacerdote, tan distinto, tan ambiguo, tan lleno de sí mismo. Pero no es a él a quien ve la gente. Ni siquiera a la iglesia, por adornada que esté por ellos mismos. Ni al motivo de la misa. Es algo más profundo y propio. Un diálogo con algo más allá de su presente, en el que no hay intermediarios o explicaciones. Algo que no le pertenece a nadie sino a cada uno. El sacerdote cree que es su iglesia, y su persona como conductor. Nadie aclara el malentendido, pero vista desde afuera, una misa así parece un acto de voluntad de la gente en el que se tolera que el cura ande por ahí gesticulando. Los perros parecen saber. El lago y el cielo también.

Quien pase por ahí dirá: qué pueblo tranquilo; ordenado. Feo pero en paz. Afuera todo el jolgorio de la fiesta. Dentro de la iglesia una pausa de reflexión: ¿Quiénes so-

mos y adónde vamos? Quizá hoy en la noche muera mi hijo en el baile. Quizá hoy no llegue a despertar de la borrachera. Me la robaré hoy sin falta y mañana será mi mujer. Quizá hoy algo. La fiesta del pueblo.

Todo se vale.

Expresiones humanas suspendidas en el frescor de la iglesia. Qué importa que haya un mundo que marche en la dirección que sea. Aquí también se vive.

Doña Gude musita algo al oído de Sabina. Ésta asiente sin dejar de rezar, los brazos cruzados. Damián lanza la mirada una vez más hacia la estudiantina. Los niños vuelven a pasar la mano sobre la madera de la banca. La estudiantina acomete el Santo y Damián busca su voz, la de ella entre todas. No la encuentra. Pedro se dice que el muchacho ya es un hombre. Que él así era de joven. Que le querría regalar algo al muchacho, pero qué.

Afuera el lago se extiende apacible. ¿Habrá ahogados hoy? Nunca se sabe. Los perros entran y salen como monaguillos ocupados.

Veintidós

¿QUIÉN ES?, LE PREGUNTA Damián a Sabina al salir de la iglesia.

—Sepa —dice Sabina sin saber siquiera a quién se refiere Damián. Tiene prisa. Quiere llegar cuanto antes a su negocio. Doña Gudelia camina a su lado sin apresurarse. Ha decidido pasar todo el día con Sabina. No ir por leña hoy. No sentarse a coser en su casa como todos los días. No platicar con su soledad hoy, que es la fiesta del pueblo.

—Pero véala siquiera, tía, mire, ésa —señala Damián.

Sabina la mira y le da un codazo leve a Gudelia.

—¿Quién es, tú? No es de aquí.

—Sobrina de los Moncada —dice Gudelia sin inmutarse—. Llegó ayer para pasar las fiestas aquí. Viene de Jarácuaro.

Por primera vez sonrió Damián aquel día.

—¿Y cómo le hace usted para saber tanto? Vive sola, en las afueras del pueblo. Dizque no se mete con nadie...

—Así es, mijo. Lo que pasa es que todos me cuentan. Querrán que yo sea su memoria —prorrumpe en grandes risas secundada por Sabina—. ¿Te gusta, pues?

—Será mi mujer. Espérense nomás.

—Mira éste. Capaz que hasta es cierto. Ahí viene tu tío Pedro. Salúdalo como Dios manda.

—Qué la...

—Estése y haga lo que le digo.

—Buenos días —saluda Pedro jovial, no sin antes echarnos una patada.

—Buenas, Pedro —dice Gudelia animosa—. ¿Ya listo para la fiesta?

—Pues ni tanto porque no voy a poder tomar en todo el día.

—¿Y eso?

Pedro mira de ladito a Damián.

—Tengo que vender o se me echa a perder la carne. A lo mejor para el baile ya terminé. ¿Y tú, muchacho? ¿Estás listo?

—Claro —responde seco Damián.

—¿Vas a ir a los toros?

—No.

Cortante. No puede hacerlo de otro modo, aunque Sabina lo mire así. Gudelia trata de ayudar:

—Van a tocar las tres bandas, ¿qué no?

Nadie responde.

Y luego por la tarde vinieron Quino, el Charahüen y el Güero a buscar a Damián. Conocen bien a Fermín. Ahora hablan largas horas con él, sobre todo de camionetas. Antes, cuando eran chiquillos y venían a jugar con Damián, Fermín los miraba entre burlón y serio. Bola de vagos buenos para nada. Así les decía. Eran inseparables sobre todo en la primaria porque ya en la secundaria Damián comenzó con sus rarezas. Y ahora a ver qué va a hacer con sus amigos, que llegan como si nada. Como si Damián se fuera a salir a jugar con ellos como antes. Vamos con tu tía Sabina a que nos regale un refresco, le decían. O de perdida un chicle. No fallaba. Sabina no fallaba. Ahora querrán cervezas. Damián los hace pasar al patio. ¿Qué pues, carnal, vamos a los toros?

—¿No que se iban a Pátzcuaro?

—Pensamos que mejor mañana. Hoy hay toros y baile. ¿No vienes?

—No, a los toros no. Ya me aburren. Y para ir a ver cómo se emborracha mi tío...

—Todo sigue igual —se ríe Quino—, qué bueno regresar.

—Qué bueno habernos ido, imagínense —dice el Güero mirando a Damián—. Nos dijeron que andas trabajando con unos fuereños.

Damián dice que sí. Del bolsillo trasero de su pantalón asoma la colita morada de un peine.

—¿Para qué? —pregunta el Charahüen

—Nomás. ¿Ustedes? ¿Se van ya para el otro lado?

—Ya estuvimos y ya regresamos. Ahorita la billetiza está de este lado. Y leve, además. Yo no me vuelvo a pasar sin billete, me cae. Tú nomás te estás haciendo güey hasta que te avisemos ¿no? Pinche Damián, siempre tan comodín.

Estos muchachos lo aprecian. Casi diríamos que regresan al pueblo por él más que por sus familias. Y a lo mejor se mantienen unidos por eso también. Pero sí han cambiado. Hay algo en ellos que nos hace mantenernos muy quietos. Un soplo de muerte; de fatalidad cuando menos.

—¿Y qué tal Monterrey? ¿Se casaron ya?

—¿Casarnos? ¿Qué traes? Mujeres hay hasta para aventar parriba, para qué se va uno a casar. Te nos estás atrasando, tú —dijo Quino.

—Será —repuso Damián imitando a Sabina—. ¿Entonces en qué la giran?

—La narquiza, en qué va a ser. El futuro del país. El petróleo se acabó. Pero te digo, leve. Llevar, traer, avisar. Queremos que le entres.

—No puedo, estoy trabajando.

—¿Con los fuereños? No mames, Damián.

—No me chinguen. Vengan, les invito una cerveza.

Veintitrés

UN BAILE PUEDE SER como todos o ser especial. Este baile era especial, no sólo porque de repente Damián parecía muy puesto para ir sino porque, decían todos excitados, venían los Bukis. Como parte de la promoción turística que se le estaba haciendo al lago, le explicó Damián a la pareja de fuereños. Se va a dejar venir un montón de gente de fuera. A ver si vienen, les había dicho el sábado al mediodía. Dijeron los señores que a ver, y a Damián se le había olvidado por completo. Desde la tienda de Sabina veía llegar a la gente; los camiones con todo el equipo de los Bukis. Veía la manera en que el pueblo se transformaba, se llenaba de aparatos, de cables. Dejaba que sus amigos bromearan con Sabina sin participar mucho. Tenía los ojos entrecerrados. Nosotros, muy inquietos por tanto movimiento, ya habíamos ladrado hasta el cansancio y recibido varias pedradas. Nos dábamos perfecta cuenta de que algo especial se preparaba: los Bukis, oíamos por todos lados. Ni idea de lo que eso significaba, pero habíamos venido a echarnos a los pies de Damián porque así nos sentíamos seguros. Por eso vimos llegar a los señores de la construcción, si no capaz que ni nos damos cuenta, había tanta, tantísima gente que creíamos que se acababa el mundo.

—¿Dónde compramos los boletos? —le preguntaron a Damián con cara de perplejidad. Miraban para todos lados, igual que nosotros.

—Allá, en la tienda de don Jesús —les dijo Damián brusco porque sabía que sus amigos estaban mirándolos con insolencia.

—¿Esos son tus patrones? —le preguntaron en cuanto se fueron los señores.

—Sí, esos.

—¿Entonces no vas a los toros? —le preguntó Sabina—. Me voy a ir aquí con tus amigos.

—Está bueno. Nos vemos luego.

Se echó a caminar hacia el atrio de la iglesia, que era en donde iban a poner la tarima de los Bukis. Ahí estaban los señores mirando boquiabiertos.

—Es increíble, Damián. ¿Quién paga esto?

—El rico de acá. Quiere hacer un hotel de aquel lado del lago. No lo han dejado los comuneros, pero sigue tratando.

—¿Y tú qué piensas de eso?

—Me da igual.

Al cabo de una horas el pueblo parece robado de sí mismo. Damián está como perdido. Se apoya en una de las bancas del kiosco y mira con los ojos siempre entrecerrados. A lo mejor le sucede lo mismo que a nosotros: con tanto desconocido y sin Sabina nos sentimos perdidos. Han llegado ferias al pueblo; ha habido otras fiestas igual de importantes, pero nada como esto que nos está sucediendo. Esta invasión que a lo mejor ya no se va a acabar nunca. Muchas muchísimas parejas jóvenes. Una que otra con niño, una que otra de mediana edad. En donde encuentran un pretilito ahí se sientan y parecen echar raíces de inmediato. Que vienen de Santa Clara, de Pátzcuaro, de Ario, de Tacámbaro, de Morelia (de Jarácuaro la que le interesa a Damián)... ¿Y por qué nos angustia, al fin y al cabo? ¿A nosotros qué? Nadie trae perros, que sería lo peligroso. Los puestos de comida se multiplican (que vienen del mercado de Pátzcuaro, oímos), y la basura que echa la gente empieza a ser interesante. ¿Por qué no podemos tomarlo como un baile más? ¿Por qué Damián tampoco puede? No se debe a la habitual violencia que hay en los bailes, es otra cosa... es algo que nos está pasando y que no sabemos entender. Cuando el patrón de Damián le preguntó que qué pensaba del hotel que quieren construir en el otro lado del lago, Damián dijo que le daba igual, pero en realidad lo que pasó es que no quiso contestarle al señor. Quería que ya se fueran; que lo dejaran solo. Mil veces lo hemos oído discutir lo del hotel y no le da igual; no quiere. No quiere al turismo y no cree que el pueblo vaya a mejorar para nada. Como con este baile, le decía a Sabina (y hoy ya tiene ganas de ir).

—Lo único que se va a quedar aquí es la basura. Bueno, y lo que te compren de cerveza y refresco la gente, porque ni la comida es de aquí.

Pues sí, pero para nosotros que lo grave no es eso. Lo grave es que a la gente sí le da lo mismo. De este baile saben desde hace mucho. Nadie se preparó para nada. Entre todos hubieran podido ponerse de acuerdo para vender comida. No. Dan la espalda. Miran disimulando.

A lo mejor toda esta gente viene de pueblos igual de feos, porque lo encuentran natural. Que el lago sea tan bonito y el pueblo tan feo. La gente se baja del camión y de inmediato todos se van a caminar al lago, a ver la puesta de sol. Después a ponerse a esperar, igual que Damián.

Pero ya cuando la fiesta se desata en verdad y nosotros estamos agotados de tanto ladrar, mejor nos echamos debajo de las bancas del kiosco. No hay nada que hacer más que verla. Del camión se han bajado más vendedores: cachuchas, fotos, llaveros, camisetas de los Bukis. Antes de ayer no teníamos ni idea de qué o quiénes eran. Hoy sabemos más de los que hubiéramos querido. Sí, porque ¿de qué sirve? Los Bukis. Dicen que ya están en el pueblo, pero que se los llevaron a comer al restorán de enfrente. El rico del pueblo... entendámonos: el rico del pueblo no es del pueblo. Así le dicen los de aquí porque es quien más propiedades tiene en torno al lago. Y como es rico, hace regalitos aquí y allá y así se puede sentir del pueblo. Querría que el lago fuera su muy particular propiedad. Que lo dejáramos "hacernos progresar". Se lo hemos oído decir. A las muchachas de la estudiantina, a los músicos de la banda, a los artesanos del pueblo. "Este lugar podría ser un paraíso", dice a cada rato. "Un buen hotel, unos campos de golf, un muelle para los veleros, en fin, qué no se podría hacer aquí. Y verían lo rápido que les cambia la vida. Al rato, calles pavimentadas, clínicas de salud, más escuelas... en fin, progreso".

Y ahora trajo a los Bukis porque es la fiesta del pueblo. Los comuneros se encogieron de hombros: que traiga a la virgen de Guadalupe si quiere, pero aquí no hace su hotel. Damián tampoco quiere y nosotros, aunque nadie nos pregunte, pero luego de ver esto, pues no. Demasiado ruidoso. Ahora sí que no tenemos en dónde meternos. Damián parece clavado ahí y Sabina en los toros. Podríamos irnos a la construcción de los señores allá en el cerro, pero también ellos van a venir.

Oscurece. Los aparatotes están siendo afinados. El aire se llena de chirridos. Ssssí, ssssí, uno, dos, tres. Ssssí... No hay para dónde irse, mejor estarse aquí muy quietos viendo cómo la gente va quedando embrujada, paralizada ante la tarima de los músicos.

¿Dónde andará Pedro, a todas éstas? ¿Estará borracho ya? Desde la misa no ha aparecido.

Veinticuatro

Siempre en esta cosa de la vida, los preparativos son elaboradísimos en comparación con la manera en que sale la cosa preparada. Hay fallas, hay una velocidad aturdidora, una como falta de ensayo. El aire, el espacio, la conciencia se hinchan con lo que está sucediendo, pero ya nadie puede hacer nada para detenerlo. Hay algo bello en esta fatalidad. Algo que es de ellos, de los humanos solamente. Algo que nos hace sentir más que nunca la diferencia entre ellos y nosotros. Nosotros... vigilantísimos, recelosos, marginados también, nos convertimos en parte de este acontecer que una vez desatado no lo detiene nadie. Como si por sobre la voluntad de la gente hubiera una más fuerte que es la que va a decidir. Un sentido verdadero de las cosas que los humanos por más que buscan no alcanzan.

Porque ya desde el primer acorde de la música, desde el instante en el que la noche quedó amarrada y contenida ahí, comprobamos que nadie es dueño de su vida. ¿Cómo empezar a relatar algo que sucedía vertiginosamente y con tal inocencia o inconsciencia que parecía juego? No queríamos perder de vista a Damián, a Sabina, ni siquiera a Pedro. Son nuestros puntos de referencia; nuestra manera de entender las cosas. Nos agarrábamos de algún detalle de su ropa: el color, la forma de los zapatos, un collar. Todo eso se mezcló con la música ruidosísima y con el gentío del que no eran más que una mancha más. Una mancha que se movía sin ningún control, sin ningún motivo claro. Cómo los rincones más familiares de esa plaza, de ese kiosco, de esas calles empedradas y polvosas se volvieron desconocidos. Cómo la gente toda, fuereños y locales, se fundieron en una sola cosa borrosa. Cómo el lago se ocultó por completo.

Damián bailando con la muchacha; Damián hablando con el Güero; Damián hosco en un extremo; bailando otra vez con la muchacha; hablando otra vez con el Güero. Discutiendo. El Güero con la muchacha. El Güero con sus otros dos amigos riendo, palmeando la espalda de Damián. Sabina revoloteando en el centro de la pista (la cancha de basquet). Toda ella una sonrisa junto con doña Gude. Saludando amable a los señores de la construcción que miraban y miraban como vacilantes. La música ineludible. La cantidad de zapatos, de piernas, de movimientos delante de nuestras narices. Qué ganas de irnos a esconder al lago, de meternos debajo del agua y ahí esperar. Damián hablando otra vez con el Güero. Serios. Pedro tambaleante y como ido, sin mirar a nadie. Los señores bailando, mirando medio nerviosos.

Pero la música se llevaba todo.

Y de golpe y porrazo: ya. Se acabó. Bueno, es un decir porque ellos hablan interminablemente para todo. Siempre están hablando. Pero en nuestra percepción, en nuestra sensación, con un tamborazo terminó. Nuestra banda tuvo el buen tino de no tocar una tanda más. Así, se nos volcó el silencio encima como un cubetazo de agua fría. Todos parecían maltrechos. La plaza ni se diga. Casi hablando en voz baja (lo que no es exacto, pero en comparación con el ruido de la música sí) fueron subiéndose en los camiones, los coches, o regresando poco a poco a sus casas. No había habido pleitos. Entonces ¿por qué esa pesadumbre?

Ya nos habíamos resignado a perder de vista a nuestra gente. Todo se nos aclararía en los días por venir. Ahora lo importante era contener el aliento hasta que se alejaran todos aquellos motores. Surcando la noche, subrayando el silencio del lago. Dibujando su no pertenencia a nuestro pueblo. Ladridos aislados, desganados echábamos. La presencia masiva, oscura de la iglesia. Las risas de los jóvenes.

—Recogerse—, dicen ellos cuando se van a dormir. Y sí, recogían sus cachitos e iban a ponerse en otro lado. Las huellas de su presencia en la plaza quedarían ahí indefinidamente. Hasta que los pies machacaran tanto esas cáscaras, esos papeles, esas semillas y cáñamo que no serían más que más polvo de ese que husmeamos permanentemente.

Nos dirigimos lentos a la tienda de Sabina al tiempo que oíamos suspirar al lago. Ahí, cerquita de la entrada, se acuclillaba Damián llorando quedito. Ah, cabrón, nos sorprendimos, ¿y esto? Sabina ya habría entrado junto con doña Gude, que se iba a quedar esa noche ahí. También los señores de la construcción ya se habían ido. Era Pedro quien se acercaba tambaleante sin que Damián lo hubiera visto. Pedro, que al reconocer a su sobrino recuperó la sobriedad de golpe.

—¿Qué pasa, sobrino?

Con un gesto de rabia Damián se incorporó y escupiendo un "nada" iba a meterse en su casa, pero Pedro lo detuvo:

—Pérate, no estoy tan borracho. ¿Qué pasa?

Nosotros ahí, en medio, quietos, quietos.

Hacía tales esfuerzos Pedro por sonar sobrio que Damián sonrió desganado.

—Me emborraché. Ya me voy a acostar.

—Vente a tomar unas chelas conmigo, con eso te pones bien.

—No, tío, gracias. Mejor me voy a dormir.

—Oh, que la. Usté véngase. Vamos a entrar por atrás para no despertar a tu tía.

Quién sabe por qué Damián aceptó. No estaba borracho nada.

Entraron por el corral y ahí, en uno de los cobertizos Pedro tenía un cartón de Coronas. Nadie nos dijo nada. Nos echamos.

—Empújesela rápido, de un trago para que se le baje.

Damián obedeció, y limpiándose la boca con la manga lo miró un momento. Luego dijo:

—¿Por qué se queda aquí, tío? ¿Por qué no se va, usted que puede?

Pedro se encogió de hombros. Otra vez se le notaba la borrachera.

—¿Adónde? En todas partes es lo mismo. Aquí cuando menos está mi gente. Es de la chingada cuando estás solo.

—¿Y por qué no se casó, tuvo hijos...?

Pedro se rió.

—Ya hice todo. Todo menos matar, y eso no lo hago porque me da flojera tener que estar en la cárcel. Aquí estoy bien. Pero no creas, yo entiendo que tú quieras irte. Yo a tu edad me iba. Qué estás esperando que la mula de tu padre te dé permiso...

—No es eso que estoy esperando —dijo Damián al tiempo que tomaba otra cerveza.

—Entonces qué.

—Saber qué es lo que quiero hacer. Para dónde me voy a ir.

Pedro se había sentado en el suelo y se apoyaba en unos costales. La cerveza olvidada en la mano.

—Porque no es nada más irme de aquí. Es irme para algo.

—No sé qué estés pensando, pero sí te digo que el mundo es una pura chingadera. No hay mucho de dónde escoger.

Y se fue quedando dormido. Damián lo miró un buen rato, luego, llamándonos con un silbido suave, salió.

Veinticinco

EL PADRE HABÍA PROMETIDO oficiar misa a la orilla del lago. Tempranito. Como para dejar de manifiesto quiénes saben hasta dónde llega la fiesta y en qué momento comienzan los deberes con el Señor. Imaginamos. Para qué, si no, los iba a hacer levantar tan temprano luego del baile más importante en la vida del pueblo. Pura necedad. Ansias de poder.

Cuando sonaron las campanas del pueblo ladramos con rabia. No porque nos despertaran ni mucho menos. ¿A poco nosotros íbamos a andar crudos o maltratados a causa del baile? Ladramos como siempre que vemos la saña, la terquedad con que se fastidian unos a otros.

Pero ahí van. Las viejitas iglesieras, las jovencitas sumisas, las muchachas de la estudiantina, alguno que otro hombre de esos que sienten la muerte cerca y... no, Sabina ni soñarlo. No que se levante tarde nunca, pero es firme: la iglesia tiene sus horas y yo las mías. No, al que vemos pasar todo bañadito y fresco es nada menos que a Damián. Por eso ahí vamos también nosotros, a la famosa misa a orillas del lago.

De inmediato Damián alcanza a la muchacha ésta, Yadira, que aunque no es de aquí ha estado tocando con la estudiantina.

Damián serio, ansioso.

—¿Entonces qué?

Qué de qué. Así tendremos que ir desentrañando lo sucedido anoche. Ella lo mira rápido, sonríe apenas, baja los ojos.

—¿No ya te dije?

—Lo ibas a pensar.

—Bueno, pues ya lo pensé: no.

Damián, con un esfuerzo:

—¿Por culpa del Güero? ¿A él ya le dijiste que sí?

—Tampoco.

—Pero es él quien te gusta.

—No sé, no insistas.

—Me dijeron que te vas hoy y quiero saber si puedo ir a verte.

—No.

—¿Porque el Güero sí?

—Eso a ti qué.

La muchacha sonríe, pero no con burla. Se han quedado un poco atrás y ella mira al grupo todo el tiempo.

—Perdóname, me tengo que ir —se aleja corriendo.

Y cuando Damián se queda solo entendemos: no lo quiso. Desde anoche. Esas cosas pasan. Son duras, pero no hay nada qué hacer. Quitarse. Mirar para otro lado. Aguantar un rato la respiración. Dejar que el dolor se alivie solito. No es grave cuando ya ha pasado; mientras está sucediendo es muy de la chingada, por eso nos quedamos quietos junto a él, que ya no sigue al grupo sino que mira al lago con una tristeza tremenda. Que ni lo vea Sabina. Nadie, mejor. No se puede consolar este dolor; es sólo suyo. Pobre Damián, qué suerte de perro.

Sí, de perro. Qué suerte nuestra la suya.

Mira que en el gran baile. Mira que la primera vez. Mira que por culpa de uno de sus mejores amigos. Y que nadie tenga la culpa... Viendo las cosas que la vida nos hace a veces dan ganas de mejor morirse; de no seguir aceptando esta humillación. Lo hemos pensado: un suicidio masivo. Ponerle fin a la espera. Búsquense otra especie para sus metáforas de soledad. Solo como una vaca. Suerte de vaca. Vaca vida. Olvídense de nosotros. Ya no seremos. Por la carretera habrá vacas destripadas. Junto a las carnicerías vacas famélicas husmearán eternamente el piso. Mugirán por la noche. ¿No oyes mugir las vacas?

¿Qué vas a hacer ahora, Damián? ¿Te vas a ir con tu tío Pedro a emborracharte en un burdel? ¿O con el Charahuén, Quino y el Güero (el Güero no) a Monterrey? ¿O te vas a volver pendenciero buscando que te maten lo antes posible? Ya no mires al lago, Damián, ¿qué no ves que está muy quieto, muy mustio? Te está invitando a que te ahogues; a que te arropes con él, cuidado, Damián.

Mejor vámonos, a donde sea, pero ya. Hay que moverse. No dejar que el dolor lo clave a uno en la soledad porque luego no es fácil regresar. Vámonos. Uy, la pobre Sabina ni se imagina lo que está pasando. Y mira nada más quién viene allá con su camionetota: el señor de la construcción.

—Eh, Damián, ¿estás yendo ya para arriba?

Aturdido lo mira Damián. Sonríe mecánicamente. Dice que sí.

—Súbete, pues. Voy a comprar cigarros nada más.

—Me voy aquí con los perros.

—Súbelos también. Sirve que hablo contigo de algo que quiero proponerte.

Y así es como a veces andamos de lujo. La vida tiene sus cosas...

Las cosas tienen su lugar, su momento. Ocurren cuando tienen que ocurrir, no antes ni después. Y se cree que son los seres humanos quienes planean; quienes se preparan para los grandes cambios; quienes obligan al destino a irse en tal o cual dirección.

No.

Las cosas maduran. Caen cuando están listas. Llegan. Nadie, claro, ha sabido esperar a que sucedan. Más bien nos tropezamos con los destiempos; nos adelantamos o llegamos tarde y por eso andamos a forcejeo y forcejeo. Por eso perdemos tanto tiempo con la incomodidad. Las cosas, en cambio, tienen un ritmo como de gatos. En apariencia caprichoso, arbitrario, gratuito. Sólo fijándose muy bien se llega a detectar que no. Que hay, justamente, un ritmo; una cadencia; un largo encadenamiento de instantes que conduce a una cristalización específica.

¿Quién se lo hubiera podido explicar a Damián? ¿A los diecinueve atribulados años de Damián, que no hacía otra cosa que respingar a cada momento? Dejándose conducir por su patrón en busca de cigarrillos (a esa hora ninguna miscelánea estaba abierta todavía, seis y media de la mañana); por eso recorrieron todo el pueblo de arriba abajo.

—*Vamos con mi tía Sabina. Ella le vende.*

—*Pero tampoco ha abierto.*

—*Yo la despierto.*

Recorrieron, sobre todo, los estragos del baile anterior. La mirada de Damián se iba volviendo dura. Ayer había estado a punto de amar su realidad. Hoy la odiaba peor que nunca. Para Damián no había futuro; sólo ese presente odioso, inaguantable. En la parte de atrás de la camioneta, los perros se rascaban con la aplicación habitual.

Se podría decir que cuando las cosas, estas cosas famosas, caen, llegan, casi nunca las queremos ya. Damián no necesitaba explicaciones, necesitaba a Yadira, que se desintegraba minuto a minuto en su voluntad sin liberarlo. Se perdían sus facciones, el tono de su voz, la sensación fugaz de su cuerpo. Se evaporaba la emoción, pero no para dejarlo como antes, sino lastimado. Y el dolor era ineludible. Yadira se había convertido en un dolor y a Damián qué le iba a importar el ritmo de la vida, su sabiduría o lo que fuera.

Al verle la cara, Sabina comprendió que otra vez algo había salido mal.

Veintiséis

ESTABA LA FOGATA ENCENDIDA. Olía a café cuando por fin llegamos.

—Sólo hubo Raleigh —dijo el señor.

—Ni modo. Damián, ¿un cafecito?

La tienda de campaña muy derechita; las bolsas de dormir aireándose; la tierra barrida. Acá arriba de plano es otro mundo. Nada de lo que sucede en el pueblo se nota acá. A lo mejor por eso le gusta a Damián.

Nos sirven un plato de arroz con huesos de pollo. Es tanta nuestra emoción que ni la cola movemos.

Sonidos aislados. Los pájaros; el agua que hierve; el suspiro de los árboles. Aquí tendrían que entrar nuestros ladridos, pero estamos comiendo. Esta hora de la mañana es, definitivamente, la mejor de todas. Todo es fresco, nuevo, posible. Pobre Damián, ojalá lo note.

—¿Y qué tal te fue anoche? No te vimos cuando nos regresamos.

—Bien.

Sin entonación; distraído. Ellos no se dan cuenta.

—Son fantásticos los Bukis, de veras —dice ella toda entusiasmo—. Además, qué bien conocen a su público y cómo lo quieren. ¿Te diste cuenta cómo pararon la pelea de los borrachos sin alterar nada? ¿Los viste a los borrachos?

—No —repuso Damián medio sorprendido—. No me di cuenta.

—La gente les hizo una rueda, pero en eso uno de los Bukis habló de la paz, de la música como símbolo de amistad y no sé que más. El caso es que se calmaron de inmediato.

—Sí. Es que los Bukis echan mucho rollo. Casi hablan tanto como cantan. Para la gente eso es nuevo. A mí me cae mal.

—No, hombre, qué bárbaro. Se me hace genial. La gente los quiere por eso. Damián se encoge de hombros. La señora lo mira como intrigada:

—¿Por qué, Damián, no te parecen buenos?

—Sí, claro, lo que pasa es que los bailes a mí no me gustan tanto.

—¿No? Entonces ¿qué es lo que sí te gusta mucho?

Sonó brusca, agresiva, involuntaria. Como decidida a hacer hablar a Damián. Su marido la miró rápido, recriminándola. Damián clavó los ojos en la fogata. Nosotros escuchábamos el aire. Era tan temprano.

—Nada —respondió seco Damián, y se puso de pie.

—A ver, Damián, ven un momento —dijo el señor.

En un tejabancito que él mismo había construido casi desde el inicio, el señor tenía su oficina. Una mesa rústica pintada de verde, una silla de mimbre, una sumadora chiquita, muchos papeles. Era frecuente encontrarlos ahí durante el día, cada uno en su rincón. A nosotros nos llamaba mucho la atención porque jamás habíamos visto nada parecido. En el pueblo es normal que durante el día los hombres no estén (cuando están es que andan borrachos y ellos solitos se salen). Pero cuando están, las mujeres los rondan todo el tiempo, sirviéndoles de comer, escuchándolos, aguantándolos, en una palabra.

Esa era una de tantas diferencias que veíamos. Había muchas otras que todavía no sabíamos precisar.

Ahí, en todo caso, se fue a sentar Damián aquella mañana trágica, mientras la señora levantaba las cosas del desayuno y sacaba agua para lavar los platos. Encendía el radio; se servía otro café. ¿A quién seguir? ¿En dónde ponernos? A fin de cuentas ella era quien más de comer nos daba. Le teníamos cierta lealtad; nos gustaba estar cerca de ella, pero Damián... Lentamente nos fuimos acercando, como quien no quiere la cosa, que es la manera de hacer todo lo que hacemos, pues uno nunca sabe en qué momento van a salir con un: ¡Sáquese de aquí, perro!

El señor le preguntaba a Damián sobre sus planes para el futuro. Pobre Damián. No lo dejaban en paz. Capaz que esa misma mañana hubiera podido decir: Me voy a casar. Pero no, no era así.

—Ya sé que todo el mundo te jode con eso, Damián, y quiero que me entiendas: te pregunto por tus planes inmediatos; no quiero saber lo que piensas hacer en la vida ni cosas así. Lo que quiero saber es si tienes planes para irte al otro lado. ¿Te quieres quedar en esta construcción hasta el final? ¿Qué?

—Pues... no, pues yo pensaba seguirle aquí hasta terminar.

—Bueno, es que lo que pasa es esto —se acomodó; encendió un cigarro ofreciéndole antes a Damián, y dijo con esa su manera tan directa, sencilla, a lo Sabina—: se nos acabó el dinero. Vamos a tener que pararle tantito a la obra para ir a México a conseguir más. Calculo que tendremos que estar fuera unos dos meses. Mi mujer ya aceptó ir a dar unas conferencias al norte de la República. Yo tendré que hacer algún trabajo en la fábrica de mi hermano... Y se me ocurrió lo siguiente —así, sin pausas, sin rodeos—: que te vengas con nosotros y que aproveches esos dos meses para hacer un curso de plomería en la fábrica. Para ti sería como una inversión. Cuando se acabe esta casa podrás seguir trabajando en plomería en cualquier parte. Trabajo no te faltará. ¿Qué dices?

Damián se veía confundido, casi asustado:

—Es que yo... bueno, es que no tengo a nadie en México...

—No, te vas a alojar con nosotros. Hay un cuarto que puedes ocupar en la casa a la que llegamos nosotros. La cosa es que yo no te puedo decir: me voy dos meses, ojalá que para cuando regrese puedas trabajar conmigo otra vez. Tú necesariamente vas a aceptar cualquier chamba que te salga, y pues no. Yo quiero que sigas aquí...

—Sí —dijo de pronto Damián alzando la cara, la voz, el humor, —todo. Nosotros nos encogimos—. Acepto. Cuándo nos vamos.

—Pasado mañana, tempranito —y se levantó para ir con la señora—: ¡Oye, que sí viene!

Ella se acercó secándose las manos.

—¡Qué bueno! Pero ahora yo voy a poner mi condición. Fíjense bien los dos y no me vayan a decir que no luego luego —la miraron sorprendidos—: Que llevemos a estos dos perros.

Ah, chingao. Movimos la cola por nerviosismo.

—Estás loca —dijo el señor. Damián sonreía incierto.

—Sí. Que los llevemos. Ya se han acostumbrado a nosotros. Ya hasta les puse nombre. En este momento se me acaban de ocurrir: Novela y Relato.

El señor se rió, Damián nos miró burlón. No sabe desde cuándo andamos detrás de él.

—Está bien. Nos vamos todos a México.

¿Y Sabina qué iría a decir?

Cuando llegamos a su tienda aquella tarde, ahí estaba doña Gude y se notaba que se habían estado riendo mucho, como siempre después de alguna fiesta o baile (y si no había habido muertito). Ya era casi noche porque Damián se entretuvo viendo unas cosas de la casa con el señor y los otros trabajadores. En cuanto lo vio Sabina, le dijo en voz baja, con mucho gesto:

—El Güero te ha venido a buscar como tres veces. Que te espera allá con Charahuén y Quino donde Amador. Que no faltes porque se van mañana y quieren hablar contigo.

Damián no tenía cara de nada. Es decir, no se le notaba ni lo de la noche anterior, ni lo de ese día. Pero sí se sorprendió de verles la risa en la cara a Sabina y a su amiga, y que Sabina le hablara en voz baja.

—¿Por qué me habla así? —le preguntó.

—Ahí anda tu tío y está borracho. No quiero que salga. ¿Por qué te tardaste tanto?

—Andaba trabajando.

Doña Gude lo miraba burlona:

—Ni pareces muchacho tú. ¿Qué no anduviste en le baile anoche? Crudo habías de andar hoy.

—No tomo —dijo Damián secamente, y luego a Sabina:

—Quiero hablar con usted después, más noche. Voy a buscar al Güero.

Mirábamos todo, pero a Sabina la mirábamos fuerte para que sintiera que algo nuevo estaba sucediendo. Para que se diera cuenta de que nos íbamos, pero ni nos volteó a ver. Así pasa. Cuando más cosas tenemos que advertirles, menos nos ven. Creen que sólo el ladrido significa algo. Uno de nosotros se rascó con mucho ruido (¿habrá sido el Relato? ¿Seré yo la Novela?), pero inútil. El pueblo es el pueblo y aunque no pase nunca nada, lo poco que pasa es suficiente como para embeber a la gente. No se fijan en nada más. Doña Gude dijo:

—Mira, pues, ese perro pulguiento, ¡sáquese de aquí, ándele!

—Vengo al rato entonces, tía, me espera. No se vaya a acostar.

—Anda pues, mijo.

Y ahí nos vamos, a casa de Amador. Los otros perros nos miraron pasar intrigados. Quizá llevábamos la cola demasiado parada, algo. Ellos sí se dan cuenta.

Veintisiete

Y ESTABAN TOMANDO, CLARO. La madre de Amador vendía cerveza aunque a escondidas, pues no tenía permiso. Sin embargo los muchachos se sentaban en la entrada, en los escalones, como si nada. Así es este pueblo: la legalidad que prohíbe, junto con la prohibida ilegalidad.

—¿Qué tal? —dijo Damián, palmeándolos—, ¿que se van mañana?

El Güero de inmediato se puso de pie, lo abrazó, dijo como si nada:

—¿Ora sí te vienes?

Los demás no miraban, pero guardaban silencio. Damián tomó la cerveza que le ofrecían, se paró al lado de Charahuén, nos miró distraído.

—Me voy pasado mañana, pero al D.F.

Se hizo un silencio denso, asombrado.

—¿Y eso?

—Me voy a estudiar un curso de dos meses.

—Estarás pendejo, ¿y dónde vas a vivir?

—Ya está todo arreglado.

—Pero, Damián...

—No, Quino, ya les había dicho que no me interesa irme con ustedes. No me interesa irme, la verdad. Ahora sí, pero no con ustedes.

—¿Es por lo de anoche? —preguntó el Güero contrito—. Sí, ¿verdad? Por culpa de esa vieja, ¿no es cierto?

Damián lo miró con odio, pero apartó rápido los ojos.

—No debías decirle así. Si no te interesa, no la busques, pero no hables de ella así.

—¡Pinche vieja! ¡Pues cómo no, si es su culpa!

—No —dijo Damián brusco—. No es por su culpa. Desde antes del baile les había dicho que no me iba con ustedes. Y no te aguanto que hables así de ella. Aunque seas mi amigo. Si ella quisiera sería mi esposa... pero no quiere. Te quiere a ti y a ti te importa un carajo. Ni modo. Pero no hables así de ella.

Estábamos tensos, vigilantes. El Güero se veía medio tomado todavía. Amador y los otros mantenían la vista baja.

—Está bien, carnal, no te enojes, pero piénsalo. Allá lo que sobran son viejas/perdón, mujeres. La olvidas en dos patadas.

—Ah, Güero, tú siempre fuiste medio bruto, verdad de Dios, no eres mala persona, pero sí eres medio bruto.

Los otros alzaron la vista alarmados, pero el Güero, al contrario, parecía triste.

—Tú eras el listo, sí, lo decía el maestro, pero los cuatro juntos éramos a todo dar. Lo que uno no podía los otros sí, acuérdate Damián. Acuérdate de que nos íbamos a ir juntos. Que juntos íbamos a conseguir todo en la vida, y nosotros tres ya empezamos, mientras que tú... —lo miró enojado—: sigues aquí.

¿Qué hacíamos nosotros? O más bien, ¿qué hacemos en estos casos en los que no hay verdaderos enemigos que atacar, pero estamos de parte de alguien definitivamente? Son muchachos; son amigos; uno, el Güero, está medio borracho y le está reclamando cosas a Damián. Si llegan a los golpes ¿haremos lo que los otros? ¿Mantenernos al margen? En nuestra experiencia es mejor no meterse entre humanos. Son totalmente irracionales.

Damián miraba al Güero con una mezcla de turbación y de incomodidad, pero ya no de coraje como hacía unos minutos:

—Yo —comenzó, pero se interrumpió, se sentó junto a los otros, puso la cabeza entre las manos—. No quiero pelear. Es simplemente que no me interesa irme con ustedes. Hacer lo que ustedes están haciendo. A lo mejor no sé bien qué es lo que sí quiero, pero *eso* no. Y no lo digo porque no sea legal, porque haya riesgos, palabra, carnal —le aclaró al Güero—, tú me conoces. Es que es algo que no me jala. Prefiero seguir buscando por mi cuenta.

Habló serio, tranquilo. Todos lo escucharon. El Güero se calmó.

—Pues si quieres nos vamos a México contigo. A nosotros nos da lo mismo, ¿o no? —les preguntó a los demás—. A ver en qué la giramos allá.

Damián negó con la cabeza. Varias veces. Se puso de pie:

—No. Ustedes no tienen para qué estarme esperando. Hagan lo suyo. Total, siempre nos vamos a encontrar aquí de vuelta —y les fue estrechando la mano uno a uno, afectuosamente. Los agarró desprevenidos, seguro, porque ahí se quedaron viendo cómo se alejaba seguido por nosotros. El pueblo era igualito a todos los días, ajeno a las pesadumbres de las generaciones que lo habitaban, igual que el lago, que en ese atardecer estaba más azul que nunca.

Cuando después Damián llegó a buscar a Sabina, ahí estaba Pedro, crudo, entristecido, pero tranquilo. No va a querer hablar Damián, pensamos, pero Damián se sentó saludando como si nada. Sabina tresegueaba en la cocina.

—¿Cómo te fue en el baile, muchacho? —preguntó Pedro con voz pastosa.

—Acuérdese que nos vimos anoche, al final, tío. ¿Ya no se acuerda?

Sabina se rió:

—Qué se va acordar. No se acuerda de nada nunca. Otra vez perdió su cartera.

—Ya párale hermana. Hazte de cuenta que me gasté ese dinero en el baile —gruñó Pedro.

—A mí me vale. Eres tú el que andas dando manotazos por toda la casa para ver si no te la escondí. ¿A poco yo me voy a querer quedar con su dinero? —le preguntó a Damián.

Damián se encogió de hombros y esperó. Estas discusiones entre Sabina y Pedro pueden durar horas. Suben de tono; bajan; son aburridas. Por lo general Damián se va de inmediato cuando discuten. Nosotros no. Nos quedamos con Sabina.

—Traía todo el dinero que me pagaron por matar tres reses antier —se rió Pedro sin alegría, casi con maldad—. Pero así es la vida. El dinero sirve para ir viviendo y eso es lo que estuve haciendo ¿no crees? —le preguntó a Damián.

—Cómo no —repuso Sabina agitándose muchísimo en la estufa—. Más te valiera usarlo para arreglar tu carnicería.

Ampliarla, comprar más herramienta... ¿verdad? —le preguntó también a Damián—. Ya que para la casa no quiere dar, que por lo menos arregle su negocio.

—¿Y por qué si así está bien? Como está me basta y me sobra. Esta pinche gente no necesita lujos. Quiere carne buena y yo se la doy. Si no les gusta, que se vayan a Pátzcuaro a comprarla... —estiró la mano como si por ahí tuviera una cerveza, pero no. Damián se puso de pie y fue al refrigerador a traerle una.

—Ya no le des, mijo, si no hay quien lo aguante.

—Gracias, sobrino, tú eres el único de esta familia que me comprende.

Y entonces dijo Damián:

—Me voy a México pasado mañana.

Lo miraron con el mismo gesto de sorpresa. Antes de que hablaran, él siguió:

—Voy a tomar un curso de plomería de dos meses. Me voy con los señores de la construcción... ah, y me llevo a estos dos. Nos señaló.

La risa de Sabina:

—¿A los perros? ¿Y para qué?

—La señora los quiere. Ya les puso nombre. Se llaman Novela y Relato.

La risa de Sabina. Pedro no escuchaba; parecía acongojado.

—Dos meses, dos meses —repetía.

—¿Y tu padre ya sabe? —preguntó Sabina.

—No se lo he dicho. Mañana. De todos modos me voy.

—¿Eso quieres, muchacho? ¿Eso es lo que buscas?

—Pues no, la verdad, pero eso es lo que voy a hacer.

—Yo te doy dinero para que te vayas a donde quieras. Para que no te tengas que ir con tus patrones —anunció Pedro, poniéndose de pie.

Damián lo miró un momento. Bajó la vista y luego dijo:

—Gracias tío, no. Voy a hacer como les dije. Pero le quiero pedir una cosa: que me cuide a mi tía Sabina; que no le dé lata; que no la moleste cuando ande borracho. Eso me lo tiene que prometer.

Pedro volvió a sentarse, de malhumor.

—Como si esta vieja necesitara que la cuidara nadie —murmuró tomando su cerveza.

—Por mí no te preocupes, Damiancito. Este cabezota de burro da lata, pero no es malo. Más bien cuídate tú. No te vayas a querer quedar por allá.

—Y además yo no voy a dejar de emborracharme, ni que estuviera loco —seguía murmurando Pedro.

Ahora fue Damián el que se rió, una extraña risa fresca y sana, como la de Sabina.

—No, tío, no le estoy diciendo que no tome, cómo cree.

—Borracho nací y borracho me voy a morir —murmuraba Pedro.

—Ya, Pedro, estáte —advirtió Sabina.

Damián se dirigió a la puerta:

—Me voy a dormir, hasta mañana —y luego, con risa—: Vénganse, Novela y Relato.

Ésos somos nosotros.

Veintiocho

EN SU CUARTO LE pusieron una tele chiquita. El cuarto está al fondo del jardín. Junto al cobertizo de las herramientas, que es en donde dormimos nosotros, Novela y Relato, quién lo hubiera imaginado. Vivimos en una casa. Hay comida siempre y Damián nos trata bien. Bien... nos trata requetebién. Como si fuéramos sus hermanos. No hacemos otra cosa que estar echados en el jardín, o al lado de la cama de Damián. Ladramos cada vez que oímos un ruido inusitado. Al principio todo era ruido inusitado. Una ciudad en torno no es poca cosa. El ruido respira al mismo tiempo que nosotros. Pero ya llevamos quince días aquí. Hemos aprendido algo: ese rumor permanente, sordo, intocable, no tiene nada que ver con nosotros. No hay que ladrarle. Es sólo cuando algo se desprende de él, se arranca con violencia y cae en la puerta de la casa. Entonces sí. Hay que correr a la puerta y ladrar furiosamente. Ladrar hasta que la cocinera o cualquiera nos asegure que está todo bien. Toma un poco de tiempo convencernos, pero sí, hacemos caso.

El teléfono fue una de nuestras pesadillas. Lo conocíamos por la tienda de don Jesús, pero no así, suelto, con ese timbrazo tan brusco que tiene. La aspiradora. Fue infernal al principio. Les daba mucha risa vernos ladrarle. Ahora ya aprendimos y sólo esperamos que pase el tiempo para regresar.

En el jardín hay una reja que da a la calle. Vemos. Coches, gente, perros. Perros con sus dueños; sueltos no hemos visto ninguno. Tampoco hemos visto ningún borracho. Comprendemos que ésta es sólo una de las calles de la ciudad. Lo vimos a la llegada. Sabemos que hay casas parecidas a las del pueblo. Pero sabemos que todo está rodeado por la ciudad, por ese ruido sordo del que nadie escapa.

Cuando Damián se va en la mañana con el señor, nos sentimos abandonados. Hasta venir aquí, Damián conocía lo mismo que nosotros, todo. Ya no. Quién sabe ahora qué se le meterá por los ojos. Quién sabe qué le estará pasando por dentro. Sólo cuando es muy de noche y en la casa ya está todo apagado, nos sentimos bien; sólo en esos momentos creemos que sea posible volver. Ver el lago, oír los árboles, movernos por donde sea. Sabina. Nos quedamos muy quietos y dejamos que los minutos nos atraviesen uno por uno: así es que esto es lo que pasa mientras nosotros estamos allá; mientras el lago respira profundo; mientras Pedro sale de una borrachera para entrar en otra. Esta ciudad, esta simultaneidad con que ocurren las cosas. Así es que acá es adonde vuelven los turistas luego de haber estado en nuestro pueblo. ¿Será entonces por eso que gritan tanto? A lo mejor al ver el cielo abierto, limpio, sin ciudad, la voz se les sale sin querer.

Damián platica mucho con los señores. Bueno, con el señor, puesto que la señora se fue a dar sus conferencias y no está en la ciudad, dicen. Que llega hasta fin de mes. Así dicen: "dentro de una semana", "en quince días", "en medio año". (Hace medio año que empezaron a construir en Zirahuén, dice el señor. Hace medio año que conoce a Damián, le dijo.)

Hablan mucho allá, en el comedor, adonde nosotros no podemos pasar. De manera que sólo escuchamos un murmullo y podemos darnos cuenta de que es del señor. Damián casi no dice nada. Pero ¿qué tanto le dirá? Ese es el problema con las casas en la ciudad. Con la ciudad misma. Hay mucha pared de por medio. Mucha división. Como que les gustara esconderse. Estar encerrados. Que no salga al aire nada de lo que dicen. Es distinto esto al disimulo de los sombreros y los rebozos, creemos. Allá nadie se trata de esconder del cielo o del lago, o de nosotros incluso. Aquí hay puertas que se cierran. Es muy tremendamente inexplicable eso. ¿Qué sentirá Damián?

Porque sí, hablan mucho. Se van juntos por la mañana y regresan en la tardecita. Es cuando hablan en el comedor. Nosotros nos la hemos pasado aletargados en el jardín, oyendo el murmullo de la cocina, el teléfono, la aspiradora, los motores, el rumor, todo. El agua cuando riega el jardinero. La escoba cuando barre hojas secas. Semidormidos, pendientes, tristes. Qué ganas de correr junto al lago. De ladrar en conjunto; de meternos entre la gente; de torear patadas, pedradas, cascarazos.

Qué ganas de regresar. De estar con Sabina.

Y por si fuera poco, nos bañaron el otro día. El jardinero.

Qué humillación.

Damián ni se enteró.

—A ver, Novela, Relato (ésos somos nosotros), vengan para acá —y que nos amarra.

Ya que Damián acaba de hablar con el señor (o de escucharlo), se viene a su cuarto. Nos silba para que nos echemos al pie de su cama y enciende la televisión. Hemos visto la televisión a veces en el pueblo y nunca le prestamos mayor atención. Acá hemos aprendido a odiarla. Ese tono; ese resplandor... Allá la gente ve telenovelas en donde todos gritan o chillan o hablan de una manera muy forzada. Damián pone noticias. Todo el tiempo pone noticias. Esa palabra se nos ha quedado grabada: noticias. Hablan, hablan, hablan.

Quince días así.

Pero el otro día vino un joven a visitarlo. No lo habíamos visto nunca. Ladramos, gruñimos, pelamos los dientes.

—Esténse, perros —nos calló Damián, y lo llevó hasta su cuarto.

Así es como nos enteramos ahora de las cosas: cuando llegan al cuarto de Damián. O por lo menos al jardín.

Y resultó que esa noche iban a un baile.

A un baile y nosotros encerrados. Y sin Sabina. ¿Dónde andaba la señora, culpable de todo esto?

—Mi gente es de Chiapas —estaba diciendo el muchacho, como de la edad de Damián—, pero yo ya nací aquí. Ni conozco por allá. Nunca he salido de la ciudad. ¿Cómo te la pasas tú en tu pueblo? ¿No te aburres?

Damián negó con la cabeza. Fumaban.

—No me imagino viviendo en un pueblo. Un día te voy a ir a visitar para ver. ¿O ya no vas a regresar?

—No, pues sí. ¿A qué me quedo aquí?

—Ya te ofrecieron trabajo en las calderas. Si supieras la de gente que llega pidiendo trabajo. A ti te lo ofrecen. ¿De veras no te quieres quedar?

—Yo tengo trabajo allá y no me gusta aquí.

—Porque no conoces bien todavía. Hoy en el baile seguro conoces a una chamaca y ya verás. Uh, si te falta conocer todo. ¿No has ido a Chapultepec, a Xochimilco?

—De niño me llevaron.

—No son los lugares. Es el ambiente; es todo. Te falta andar por la ciudad. Es chida. Pérate y verás.

Pérate tú a que veas nuestro lago, pensábamos, pero el muchacho caminaba de uno a otro lado del cuarto con las manos en los bolsillos. No se detenía. No se paraba.

Damián dijo:

—En esta ciudad yo no vivo.

—¿A poco eres de los que se quieren cruzar la frontera? —preguntó asombrado el muchacho.

—No, eso tampoco.

—¿Entonces?

Damián se encogió de hombros. Igualito que hacía con su padre, con Sabina, con los señores.

—Pues no sé, la mera verdad. ¿A poco tú sí sabes?

—Yo sí. Aquí nací y aquí me quiero quedar. No me iría para el otro lado ni de loco. Cuando tenga dinero sí, pero a divertirme. A echar relajo con las güeras.

Por fin se sentó. Nos tenía mareados. No es como los otros amigos de Damián, que pisan fuerte, hablan fuerte, viven fuerte. Este muchacho es como nervioso.

—¿Y cómo te piensas hacer rico? —le preguntó Damián con curiosidad.

—Ah, eso sí no sé. A veces la suerte ayuda. La lotería; algún patrón buena onda te da chance. Contactos. Tengo amigos de mi barrio que ya andan en su gran carrazo. Del barrio, imagínate. Trajeados y todo. La pura suerte. Conoces a la persona indicada en el momento indicado. La cosa es tener los ojos bien abiertos. Para eso sirve la ciudad: para los contactos. Cuando menos te lo esperas.

—Pero si te pasas el día trabajando en la fábrica. ¿A qué horas quieres?

—El día tiene 24 horas, carnal. En la fábrica sólo estoy ocho. En cuanto salgo me voy a rolar por ahí.

Miró un momento a Damián, luego a nosotros.

—¿Cuánto llevas aquí, como dos semanas, no?

—Sí. Todavía me falta mes y medio.

—No, pues yo te voy a mostrar todo. ¿Qué haces cuando sales de la fábrica?

—Me vengo para acá.

Silbó el muchacho de asombro. Un silbido largo; penetrante.

—¿Te cae? Estás loco. ¿Pues qué no tienes ganas de divertirte, de ver mundo? Digo, mira, no conozco tu pueblo ni sé cómo vivas allá, pero esto es otra cosa. Hay que agarrar la onda. Es una de dos: o vives la ciudad o la ciudad te vive a ti. Si no tienes ni idea de lo que quieres hacer es porque no has visto. Claro, ser rico es mi gran sueño, pero mientras lo consigo, la paso bien.

Nuestras respiraciones eran rítmicas, casi imperceptibles. Nadie en el pueblo habla tanto, tan de corrido.

—Bueno, ¿y tú en dónde vives?

—Con mi familia todavía. Eso es lo primero que tengo que hacer: independizarme. Ahorita en mi casa vivimos mi madre, mi hermano con su mujer y tres niños, una tía ya grande y yo.

—¿Dónde?

—En un barrio bien chido, proleta, feo, pues, pero de gente a todo dar. Mucho chavo banda, cementeros. Nada de esto ha de haber en tu pueblo.

—En mi pueblo hay borrachos...

Ya tarde se fueron.

Es la primera vez que Damián sale de noche desde que llegamos. Y tampoco está el señor. Sólo la cocinera, que se fue a dormir hace un buen rato. Desde el jardín la casa es una forma oscura. Nosotros nos echamos ante la puerta de Damián, pero al menor ruido salimos ladrando a la reja del jardín. No nos sentimos bien aquí solos. Si por algo el mundo se detuviera en este instante, estamos tan solos que nos volveríamos locos. No volver a ver el lago; no volver a escuchar el rumor del pueblo; no volver a saber de Sabina. No sentir la tierra roja bajo nuestras patas, y la brisa, y la presencia de los árboles. Quedaríamos incompletos. Si antes no teníamos nada, un final así sería peor que morir bajo las ruedas de un camión.

No es sólo el encierro. Es esto de no saber cómo ser. Es la vida toda de esta ciudad que nos rodea. Por la noche son las luces. No hay verdadera oscuridad aquí, como tampoco hay silencio. El cielo se ve rojo por los resplandores, como irritado. Titila como una gran estrella borracha. Perdida. Y ese rumor gordo que se mezcla con el viento y que de golpe se eriza con sonidos agudos. Como un gran dolor que de veras se hubiera soltado y se desparramara por todos los rincones de la tierra.

Metemos la cabeza entre las patas, pero es peor. Allá afuera el mundo se está haciendo hilachas. Nosotros sabemos de violencia. Sabemos que vivir es una cosa descarnada y brutal, pero esto no es igual. Ese resplandor en el cielo... esos sonidos... esos espasmos.

Y Damián allá afuera.

No sabemos vivir con este tamaño de mundo. Y luego contemplar la vida ordenadita de esta casa. Como si cerrara los ojos para no ver para afuera. Como si no estuviera aquí y fuera parte de esto.

No, esto no. Hasta las lluvias allá preferimos aunque aquí tengamos techo.

El silencio de la habitación es terso. Fresco. Las respiraciones acompasadas de los perros y del muchacho contribuyen a darle un ritmo de apacibilidad. Dormir, el olvido ambiguo, porque no se sabe qué pasará en los sueños. Qué descubrirán, conectarán, revivirán. El caso es que sí se puede dejar que los minutos se amontonen uno sobre otro, formando una distancia medible entre un instante y el siguiente.

Por eso no importa que sea un lunes a las doce de la mañana. Sorprende, sí, que los perros no estén esgrimiendo su actitud vigilante e inquieta de todos los días; que Damián no haya...

La cotidianeidad de la casa se desarrolla como de costumbre. Los sonidos que construyen el día. El hervor de alguna olla; la escoba; el timbre de la puerta; las voces ma-

ñaneras. Subrayando todo, como para formar una gran cursiva, el rumor de la ciudad que por la mañana se levanta perezosamente: enorme monstruo agobiado, y que poco a poco irá volviéndose violento. Es asombroso que tenga ánimos para repetirse día con día.

¿Por qué entonces Damián...?

Habituándose a la penumbra de la habitación, a su particular atmósfera aquietada por las ventanas cerradas, se comienza a percibir un olor singular: algo picante, insidioso.

Un medicamento.

Pero un simple resfrío no sería una explicación suficiente. Se escucharía una respiración gorgojeante; sufrida; gemibunda. Esto es otra cosa. Aquí parece haber una risotada del destino. Una de esas cosas que se llaman "accidente" y para la que nadie está preparado nunca.

Desde esta habitación encerrada, pequeña, retacada de muebles, es difícil concebir el espacio abierto en el que estos seres se han movido toda su vida. El lento ritmo del lago; el cambiante color del cielo; hasta la manera en que el tiempo fluye. Así es como la ciudad va edificándose en torno a la gente hasta cambiarla; así es como los reduce a nada.

¿Quién se es, en todo caso, a los diecinueve años? ¿Qué cúmulo de voluntades, de deseos, de imágenes? Hay que partir de una imagen juvenil, bastante común y corriente (no difieren mucho en la juventud, tienen la misma manera de pisar fuerte y desafiantemente los muchachos, un poco atrabancada) que surca la realidad como si supiera adónde se dirige. Hay que partir de esa imagen e irle añadiendo los datos que brindan las circunstancias: muchacho de pueblo; retraído; trabajador a veces, abúlico otras. Trasplantado temporalmente a la ciudad... ¿estuporizado o doblemente distraído? Receloso, seguro. Arrepentido de haber venido tan lejos. Nostálgico, muy probablemente.

Acompañado de sus perros con los que con toda seguridad habla en silencio. A lo mejor llora. Se confía.

Muchacho que mira sin ver, porque el sobresalto le ocupa la conciencia.

Y que ahora, sorprendentemente, duerme.

De esto y de la habitación también hay que partir. Ahora que la oscuridad se ha asentado cobrando volúmenes. Viéndose subrayada por la luz de afuera. Ese olor a medicamento...

¿Quién se es a los diecinueve años y por qué no asombra que se sea cualquier cosa? Cualquier ruptura de continuidad. A los diecinueve años hace poquísimo tiempo que se abandonó la infancia y la adolescencia, pero ya es abrumadora la manera en que el mundo exige que se sea algo.

¿Y por qué duermen los perros adentro?

Veintinueve

AYER EN LA TARDE llegó la señora, justo para enterarse de lo sucedido. Vino a ver a Damián al cuarto. Nosotros cumplidamente movimos la cola. Casi no nos vio.

Damián hinchado; amoratado; adolorido. El señor en la puerta, casi como disculpándose; explicando. Damián apenas si puede hablar. Nosotros ya habíamos oído la historia hasta el cansancio. La versión del señor a la cocinera; de la cocinera al jardinero. No pudimos evitar notar que cada versión es más tremenda que la anterior.

—¿Y al amigo qué le pasó?

—Más o menos lo mismo. Tampoco fue a trabajar.

—O sea que muy bien que digamos no te está yendo, ¿verdad Damián?

Contestó con un movimiento de ojos y una mueca que suponemos quiso ser una sonrisa.

—Al menos no les rompieron huesos ni les robaron tanto —dijo el señor.

—Pues no, pero por eso semejante madriza. Mira nada más cómo lo dejaron.

Allá en el pueblo matan. Con cuchillo o con pistola. Matan. Jamás hemos visto que dejen a alguien así de golpeado. Matan rápido, como para acabar de una vez con el asunto. Esto, esta golpiza, se diría que es un juego.

—¿Y al menos el baile estuvo bien?

Otro gesto.

Pero lo de Damián no fue una pelea de baile. Fue afuera. Con gente que ni al baile había ido. Judiciales dicen que eran.

—¿Y qué piensas hacer ahora? ¿Regresarte?

El señor no le preguntó eso en ningún momento. No se nos había ocurrido, pero Damián está diciendo que no con la cabeza. El señor ya se ve francamente incómodo.

—Déjalo descansar, vámonos ya.

Pero ella no se mueve. Mira todo curiosa; ahora sí nos mira:

—Qué limpiecitos los perros, y gordos. Hasta bonitos se pusieron.

Nosotros.

—¿Y qué hace Damián todas las tardes, en qué se entretiene? ¿Sale?

—Casi nunca. El baile fue la primera vez. Ve televisión generalmente.

—No tiene un solo libro.

Y en esa semana llamó Sabina por teléfono. Mera casualidad. Como a las siete de la noche. Damián ya estaba yendo a la fábrica otra vez. La señora había vuelto a irse... a lo mejor era un poco más temprano porque todavía había luz. Damián estaba viendo noticias en la televisión cuando la cocinera lo llamó:

—¡Damián, te hablan de tu pueblo!

Nos metimos detrás de él, sabiendo que en cuanto nos vieran nos iban a sacar. Pero queríamos oír al pueblo. Queríamos ver si lo podíamos oler. Lo que escuchamos fue lo siguiente:

—Bueno...

...

—Bien, tía, ¿y ustedes?

...

—Sí, me gusta...

...

—No, no me quiero quedar.

...

—También yo los extraño.

...

—No, no hace mucho frío.

(La miscelánea de don Jesús; la gente inmóvil esperando; la voz en la caseta hablando a gritos; el polvo; los perros afuera; el cielo...)

—Ha llovido un poco.

...

—No, todavía no me voy a casar.

(La risa en la voz de Sabina; el cariño; la calma solitaria; el lago.)

—Dile que no necesito nada. Que estoy bien. También a mi mamá.

...

—¿Ahí está? Bueno, pásamelo.

...

—Bien, tío, gracias.

...

—Muy bonita, sí, pero no me quiero quedar.

...

—Le agradezco, tío, pero no me quiero quedar de veras.

(Pedro no borracho, su cara de estupor; su necesidad de cariño; sus ansias.)

—Sí, nos vemos dentro de un mes por allá, sí, saluden a todos de mi parte.

...

—¿Los perros? Aquí están. Bien gordos.

No estamos gordos. Estamos alimentados, que es otra cosa. Esta gente, de veras. Imaginamos la risa de Sabina.

Como la cocinera, que un día le dijo a Damián:

—¿Qué tanto ves las noticias en la televisión, tú? Cada vez que paso por tu cuarto y la tienes encendida, estás viendo un noticiero. Ni el señor ve tantos.

Le habla así, con esa confianza, como si fuera un chiquillo. Ella es una mujer ya mayor, es cierto, pero quisiéramos que le hablara de otra manera. Ella también viene de pueblo. De algún lugar del Estado de México, le dijo a Damián el otro día. Cada domingo se va a visitar a sus familiares. Hace como treinta años que trabaja en esta casa. Como treinta años, pues, que vive en la ciudad. Por eso trata así a Damián, como si fuera un chamaquito tonto. El es comedido con ella, atento, pero no la busca. Jamás, creemos, le contaría nada de nada. Es ella la que le saca plática. Generalmente en las comidas, cuando Damián está solo, y nosotros desde la puerta del jardín oímos.

—Las veo —dijo Damián desganado—. Nada más.

—¿En tu pueblo las veías?

No es que sea burlona. Es incrédula.

—No.

—Ahí está. ¿Por qué aquí sí?

—En mi casa siempre tienen la televisión en otra cosa.

139

Ella va y viene llevando platos, trayendo tortillas, porque sí lo atiende bien, pero le habla de ese modo.

—Estoy de acuerdo que uno se quiera enterar de lo que pasa en el mundo, pero ¿todo el tiempo? ¿No te aburres?

—Me gusta, por eso las veo.

—¿Y luego qué? ¿Las comentas con alguien? ¿Con el señor?

Damián se empieza a poner de malhumor. Cuando mueve así una pierna, como si le agarrara un temblor, es que se está enojando.

—No, con nadie.

—¿Ves? Mejor te habías de ocupar en algo de provecho. Ya que estás aquí, habías de aprender algo que te sirva en tu pueblo.

Damián está a punto de levantarse de la mesa. Está enojado y esta buena señora ni cuenta se ha dado. ¿Por qué serán tan metiches las gentes de la ciudad? ¿Qué no hay suficientes cosas para distraerlos?

—Gracias por el desayuno, doña Joaquina, con permiso.

—¿Y café? ¿No vas a tomar café?

—Ya no me da tiempo, gracias.

Sale al jardín hacia su cuarto. Nos silba. Nos vamos tras él mansamente. Se sienta en el escalón de la puerta y nosotros nos echamos junto a él. De no haber sido por esta conversación, habría entrado y encendido la televisión; las noticias. Mientras espera al señor para irse a la fábrica.

¿Y por qué ve tanta noticia, de veras? ¿Por qué ve sólo noticieros? Nos hemos acostumbrado a la voz del locutor. No la oímos. No distinguimos lo que dice. Nos arrulla. Pero él sí está atento; no se duerme. ¿Adónde se le acomodarán tantas palabras? Jamás lo hemos oído hablar de esto. Aunque la verdad es que lo oímos hablar poco, de lo que sea. Quizá en la fábrica platique. Aquí, salvo con el señor, con el que habla de cosas del trabajo, rara vez habla con nadie. Cuando viene el amigo, el del baile (que por cierto ahora carga navaja. Chico navajón de este pelo. Que no vuelvan a agarrarnos desprevenidos, le dijo a Damián), el que habla es él, el amigo.

¿Qué hará, de veras, con tanta noticia?

Treinta

VÁMONOS, VÁMONOS, YA VÁMONOS. ¿Cuándo se va a acabar esto? Andamos desesperados. Llueve todas las tardes: una lluviecita gris, sucia, que de repente se vuelve torrencial y gélida, como enojada con el mundo. Nunca imaginamos que fuéramos a extrañar tanto tantas cosas. La manera en que el lago se bebe la lluvia. Cómo la reciben los árboles. Cómo todo respira aliviado y comienza a vivir de otra forma. Quién nos viera aquí, metidos bajo este techito las horas, contemplando cómo el cielo gris se ennegrece y las pobres plantas del jardín pierden apenas su palidez. A Sabina le daríamos risa. Esa risa ancha suya que no lleva mala intención. Es pura risa de gozo. ¿Cuándo nos había importado mojarnos? Pero acá es distinto. Como no hay hacia donde correr, el agua cala hasta lo más profundo. Es incómoda. Por la reja del jardín vemos el pavimento de la calle encharcado; vemos las llantas de los coches levantar olas de agua; vemos un movimiento veloz que no tiene principio ni fin. Igual que esta espera nuestra.

Dicen que la señora está por llegar ahora sí definitivamente. Dicen que ya pronto nos vamos. Pero cuándo, dentro de cuánto, eso nadie dice. Los días son idénticos, apenas se puede creer. Cada día la misma zozobra de que algo va a pasar. Cada vez el mismo desinflamiento. Sólo llueve.

Nos fijamos en Damián para ver si hay algo que indique que está tan desesperado como nosotros. Nada, más imperturbable que nunca. Se diría que aquí ha pasado su vida. Que no ha hecho nunca otra cosa que mirar noticias en la televisión y salir con su amigo el obrero. Vivir en este cuarto. ¿Pues qué este muchacho no se acuerda de que tiene familia? ¿No se acuerda de que nosotros somos perros y no somos para esta inmovilidad?

El amigo le decía:

—Entonces, ¿la neta que no te vas a quedar?

Negaba Damián con la cabeza.

—Pues estás loco, carnal. No sé a qué le tiras, pero estás loco, o tienes algún plan que no quieres contarme. ¿A poco tienes alguna chavala por allá?

Negaba con la cabeza.

—¿Y qué onda entonces, güey? ¿Qué vas a hacer?

Damián ha descubierto que en la mayoría de los casos no es preciso contestarle nada al amigo. Él se pregunta y se contesta solo.

—Se me hace que andas metido en narcotráfico tú... o a lo mejor traes algo con la judicial. Allá el cardenismo es fuerte ¿qué no?

Damián enciende la televisión y se pone a ver el noticiero. Siempre hay un noticiero, a cualquier hora.

—¿O andarás metido con los cardenistas, hijo? Se me hace sospechoso que veas tanta noticia, cabrón. ¿A poco andan preparando una revolución? Uno quiere civilizarte, pinche naco, pero tú no pones de tu parte. Ya parece que yo me iba a regresar a la pinche aldea. Algo traes, pinche Damián, y no me quieres decir.

Escuchábamos atentos, pero el obrero éste, este jovenzuelo tan ufano de su vida de ciudad, nunca se esperaba lo suficiente. No le daba tiempo al tiempo. No dejaba que las cosas ocurriesen y Damián no se veía en los más mínimo obligado a responder. No era necesario. El muchacho estaba lleno de su propio ruido. No le cabía más. Lo tratábamos de imaginar en el pueblo y hasta daba risa: acabaría hablando solito y manoteando como loco. La gente simplemente apartaría la mirada.

Pura boruca y luego se iba tan campante. Quedaba sólo la voz del locutor en la televisión, la penumbra del cuarto, el goteo de la lluvia afuera, los ojos de Damián fijos en la pantalla.

Y no fue sino hasta que llegó la señora que se empezó a hablar del regreso. Para todo y en todo momento. Vinieron visitas a la casa. Visitas de ellos, que no tenían nada que ver con Damián y con nosotros. Ladrábamos por no dejar, pero jamás salieron al jardín. Se quedaban en la sala y desde acá escuchábamos cosas sueltas: "Su pueblo", decían. "El destierro". "El monte". Risas, sonidos de vasos; música. Si Damián había salido con su amigo, entraba por la puerta de atrás, sin saludar a nadie.

Y la señora comenzó con que qué iba a llevar de regalos.

—¿Regalos?

—Sí, a tu familia, a tu tía Sabina. Algo.

No se le había ocurrido, dijo. No sabía que fuera necesario.

—Necesario no es, pero uno hace esas cosas cuando está ausente mucho tiempo. Con la gente que quiere. Piensa, piensa qué les gustaría y yo te llevo de compras.

Lo trata como a un hermano chiquito. Lo respeta. Se atreve a hablarle de cosas más personales, y aunque a Damián le cuesta trabajo hablar así, con ella lo hace, sobre todo si no hay nadie más. Sólo cuando le pregunta: ¿y ya pensaste en lo que vas a hacer?

No, no lo ha pensado, nos consta. No siente necesidad de hacerlo. Como le dijo a su amigo:

—¿Y para qué hacer planes? Uno va haciendo lo que se va presentando.

—Pues no, carnal, hay que tener algún proyecto; un deseo; algo que te haga hacer esfuerzos. Si no, en una de esas agarras el chupe y ahí te quedas.

—A mí no me gusta el licor.

—No, hombre, digo el chupe por decir algo. Cualquier cosa, la güeva.

—Yo no —repuso Damián sin más. Son tantas las gentes que le dicen lo mismo que ya hasta nosotros nos preocupamos. Por un lado para nosotros es natural que él sea así, pero cada vez nos damos más cuenta de que entre ellos no es así. Viven de planes. ¿Qué será lo que le pasa a Damián?

—Porque está muy bien que no quieras salir de tu pueblo, pero de todas maneras tienes que tener algo que quieras hacer. ¿Por qué ves tantas noticias en la televisión, a ver? ¿Te interesa cómo anda el mundo? ¿Hay algo en particular que te haya llamado la atención? ¿Te gustaría ser locutor, periodista, qué? —insistió la señora una noche. Estaban en la cocina, solos. La cocinera todavía no había bajado de su cuarto.

—¿Pues qué las noticias no están para eso, para que uno las vea y ya? ¿Por qué hay que querer hacer algo con ellas?

La señora se rió:

—Claro, tienes razón, lo que pasa es que sorprende que tú sólo veas eso. Que no te interese nada más de la televisión y que por otro lado no leas periódicos ni te fijes en lo que dicen en el radio. Es pura curiosidad mía, Damián, pero de veras, ¿qué les ves a las noticias?

Pensó Damián. Se concentró. Nosotros nos rascábamos las pulgas, porque sí, mucha ciudad, mucho jardín, pero aquí siguen las pulgas.

—No sé bien —dijo titubeante, de buen modo—, pero creo que son los gestos de las manos... de las caras... de las voces. Creo que es eso.

La señora guardó silencio un buen rato. Después preguntó:

—¿Por qué?

—Ahí está el mundo. Ese mundo que no conozco, que todos quieren que vaya a conocer. Que todos dicen que vale la pena conocer...

—¿Y?

—Pues nada. Ahí está. Lo estoy conociendo.

Estamos muy familiarizados ya con el sonido de las sillas que empujan para levantarse o sentarse. Los pasos que sofocan las voces. El extraño acontecimiento éste, de vivir todos bajo un mismo techo. Y cuando se levantan de la mesa se va cada uno por su lado como si esto fuera un pueblo, no una morada.

Treinta y uno

Ahí vamos, ahora sí, ya saliendo. Esta eternidad que no se acababa nunca, que parecía una cárcel, de pronto se desborda con una sencillez aterradora. La ciudad se deja recorrer impunemente. Callados, todos miran por la ventanilla las calles que son como amables sonrisas o como feroces gestos. La vimos a la llegada; la vemos ahora. Queda definitivamente atrás, incomprensible. La gente, que ya a esta hora tempranísima (las seis) camina apurada, no la ve, no la percibe en su totalidad contradictoria porque la tiene que vivir. A lo mejor la ama. En todo caso se ocupa en ella y por eso no hay ni tiempo para que imaginen un pueblo como el nuestro, que vendría a ser como un barrio de ellos, pero sin ciudad en torno. Con razón el amigo de Damián dijo que vendría de visita. A ver.

Se ensancha, se achaparra, se vuelve piedra y fierro en este amanecer de locura. El ruido de la camioneta nos llena de zozobra. No, de plano, hay algo que no está bien en todo esto. No somos más que perros y sin embargo lo percibimos: nuestro pueblo es feo, es vil, es miserable, pero esto no tiene nombre. Esto es un error. Una caricatura rabiosa de lo que tendría que ser una gran ciudad.

Y ninguno de ellos dice nada. Sólo miran. Poquito a poco la ciudad nos suelta; las calles se abren; los árboles comienzan a asomarse para ver quién viene. Los cerros, detrás de ellos, nos miran distraídos. Hemos de ser como hormigas. El cielo está definitivamente de espaldas. ¿Por qué esta tristeza abrumadora? A lo mejor se debe a que nos estamos desprendiendo de ese rumor sordo que nos ha acompañado en estos dos meses. El no oírlo nos hace sentir desnudos. Mucho más desprotegidos que en ningún otro lado.

Qué extraño ver pasar el mundo tan rápido. Somos nosotros, claro, los que dejamos atrás todo, como si una gran urgencia nos empujara. Adiós, ciudad de México, ya te dejamos atrás. Ahora es la carretera la que se nos viene encima, como un larguísimo listón que se nos estuviera enrollando. Cómo le puede entrar a nadie tanto paisaje por los ojos. O un paraje inmenso en el que, no obstante, dejamos atrás a un campesino en actitud de espera al borde de la carretera. Quién lo diría, si acabamos, no hace mucho, de dejar la gigantesca ciudad.

Nos gustaría poder contarle a Sabina todo esto. Poder describirle cómo se pasa de la sorpresa más profunda al cansancio de lo conocido. Porque por acá ya hay pueblos como el nuestro: así, puestos en medio de nada; botados nomás. Y el calor que aprieta, porque aunque esté nublado está como queriendo no llover. La camioneta avanza nerviosa, se diría que perseguida.

—Michoacán —anuncia el señor.

—Ya llegamos —dice la señora—. Aquí comienza el Estado, Damián, ya estamos en tu tierra.

—Perros —murmura Damián, no sabemos por qué. Movemos la cola, por si acaso.

Y luego más silencio, más carretera, más poblados. Lo que vemos ya lo reconocemos, y aunque nos da gusto, también reconocemos un tipo de angustia, de desesperación que a lo mejor los señores no sienten. Acaso Damián sí. Su mutismo es total. Pero nos distraemos porque esta es la oportunidad de ver cómo somos vistos. Somos el auto que pasa de largo; que deja únicamente un chisguete de curiosidad; que no toca las vidas que deja a su paso. En Maravatío vemos perros. Flacos, feos y muchos. Cómo parecen ocupados. Cómo son gallardos, la verdad.

Con una naturalidad pasmosa, luego de una de tantas curvas, aparece el lago. Qué lejos queda de pronto la ciudad; qué imposible. Y qué incambiable el lago. Son casi las dos de la tarde y llovizna. El lago parece suspirar, no sabemos si contento o con resignación.

—Hola, lago —dice la señora—. Ya llegamos.

Y comenzamos a bajar por la carretera. Miramos atentamente. Dentro de un momento aparecerá el pueblo. Más bien la iglesia del pueblo. Primero que nada eso. Una loca emoción nos invade. ¿Y a Damián? A lo mejor también; va muy quieto, muy callado mirando por la ventana, como nosotros. Dentro de pocos minutos nos bajaremos de esta camioneta y cada cual a seguir con su vida... En esta emoción hay angustia; hay tensión; hay dolor. Allá se nos había olvidado, en aquel jardín con sus sonidos idénticos (una vez que nos acostumbramos... maldita aspiradora).

Llueve, pues, ahora sí. ¿En dónde estaríamos de no estar en donde estamos? Debajo de aquel techito; en la tienda de Sabina; pegados a algún fogón.

En el empedrado, ahora lodoso, sabemos que nada ha cambiado. Una rabia sorda nos invade. ¿Qué queríamos que cambiara? ¿Qué podía cambiar? ¿A poco no va a ser rico correr, correr sin límite bajo la lluvia, ladrando, llenándonos de lodo las patas y...?

—Ahí está mi tía —señaló Damián.

Ladramos, movemos furiosamente la cola y la sonrisa de Sabina vuelve a ponernos en nuestro lugar, como siempre. La sonrisa de Sabina es... cómo decirlo, es de un gran tamaño. Le cabe el mundo. Es una sonrisa con todo: las patadas, el hambre, el frío. No niega estas cosas, pero se pone por encima de ellas.

—Ya llegamos, tía.

—Bendito sea Dios. Pensé que no llegabas nunca.

Saluda a los señores que le dan algo, un regalo. Ella se pone tímida y aturullada ayuda a Damián con sus cosas. En eso nos ve y su risa resuena en la tarde nublada:

—¿Y a éstos? ¿Qué les pasó?

La cola.

—¿Me los pusieron catrines o qué?

Por un instante no sabemos qué hacer.

—¿Qué, se quedan aquí o se los llevan? —pregunta Damián.

De un salto estamos en la calle. Corremos hacia el lago.

Treinta y dos

—NI UNA CARTA, NI una noticia —dijo Sabina apretándose las manos—, si no ha sido porque yo te llamo, no hubiéramos sabido nada de ti en dos meses.

—No empiece, tía, no acabo ni de llegar y/

—Si no es por mí, mijo. Ya sabes que yo no me molesto con nada, pero tus padres... tu tío Pedro ya se quería ir a la capital a buscarte.

—Me lleva la... ¿pues qué les pasa a todos ustedes? No, de veras, tía, qué les pasa. Van a conseguir que me vaya en serio. No volver a saber nada de mí. ¿Por qué no me dejan vivir en paz? ¿Usted sabe?

Ya llenos de tierra y lodo, nosotros, otra vez nosotros, retomábamos la costumbre de escuchar invisiblemente. Qué rápido de regreso a lo de siempre. Pensar que nos llegamos a desesperar tanto allá. Está nublado, pero el calor aprieta... y allá viene Fermín.

—¡Míralo! Ya regresó y tan campante. ¿Qué no tiene una casa, una madre, unos hermanos, muchacho del carajo?

—Buenas, papá. Ya iba para allá, pero me entretuve aquí con mi tía.

—Ya lo estoy viendo, pero no es de eso que te estoy hablando, canijo.

—Sí, ya sé, ya me lo dijo mi tía, pero bueno, ¿me van a dejar llegar o no?

Y encima, Pedro.

—¡Ah, ya llegó! ¡Bienvenido!

Por lo menos. Está medio tomado, pero sí le da gusto ver a Damián. No hay ni siquiera que levantar la cabeza para saber que todo el pueblo está pendiente de lo que está pasando aquí.

—Buenas, tío —saludó Damián tomando su maleta y dirigiéndose a su casa—. Luego nos vemos.

Fermín va a decir algo, pero opta por callarse; lo deja ir y se queda con sus hermanos en la tienda. Por un buen rato ninguno dice nada. La lluvia se suelta con ganas, oscureciendo el día, haciéndolo dramático, serio.

—Pues qué bueno que ya volvió ¿no? —dijo Pedro arrastrando un poco las palabras.

—Va a haber que hacer algo con este muchacho —dice Fermín.

Y Sabina:

—Ya déjalo vivir, hombre, ¿qué no ves que no hace nada malo?

Hacia las seis de la tarde, como tarascada furiosa, se suelta una granizada: todos los animales buscan refugio. Toda presencia humana desaparece. Hay un solo sonido: el agua, y la naturaleza que se la bebe con igual furia. El lago se convierte en una superficie acerada, dura, ceñuda. Los montes que lo circundan se van desvaneciendo. Es engañoso lo que se ve ahora: un gris turbulento sin volúmenes. Una pura cerrazón. Pobre de aquel a quien no le haya agarrado en su casa. Porque aunque se sabe que no durará mucho, es intensamente ensimismadora la tormenta. Parece obligar a una confrontación. A un momento de revisión; hay una severidad en el aire.

El lago. Se pone serio; trascendente. Hay un silencio especial dentro de ese rumor de agua desbocada. Es el pavor de sentir algo incontrolable. Como si de pronto a uno lo obligaran a ser testigo; nada más que testigo. Y eso es tremendamente difícil e intimidante.

Mudos, paralizados, nos toca ver el desarrollo de algo cuyo final no sabemos prever. El lago exige atención y orden. No estamos jugando, parece decir su faz acerada. Los perros se escurren por donde pueden; la gente parece ausente. Damián, en el corral de su casa, mira absorto los goterones que salpican. Detrás del mostrador de su tienda, Sabina suspira sin parpadear: ¡Ave María Santísima! Pedro, que se ha quedado dormitando en la banca, recoge las piernas farfullando:

—Con una chingada madre.

Las puertas de las casas, cerradas, entreabiertas, salpicadas, le dan la espalda al agua.

¿Y allá, en la construcción, en el cerro, cómo van?

¡Ja! Los señores están metidos en la camioneta. La tienda de campaña aguanta heroicamente el chapuzón, pero quién sabe cómo esté por dentro. El tejabán no puede contra las salpicaduras. Todo es agua y lodo. Además relámpagos y truenos.

Treinta y tres

PARA ARRIBA OTRA VEZ. Aunque todavía estamos gordos, muy rápido perdimos el lustre. Anduvimos entre todo el perrerío hasta muy tarde en la noche. Luego de la lluvia, la noche llegó muy quieta, casi inocente y nosotros andábamos briagos de felicidad. Reconociéndolo todo: las luces en las distintas casas; los rumores; los llantos; los quejidos y gimoteos de los borrachos (el deambular de Pedro, ya muy borracho a esas horas). De lejos porque nunca nos acercamos, la voz de Sabina platicando hasta tarde con Damián (que a nadie le avisó que ya había llegado).

Los que estábamos de fiesta éramos nosotros, y además había luna llena. Lo que no aullamos.

Sabemos hoy que las intenciones de Damián son dejarnos allá arriba: "la señora quiere que estén allá; que sean de ella, pues", le dijo a Sabina. Pero ni madres. No queremos quedarnos. Al silbido de Damián esta mañana respondimos como un solo hombre, y aquí venimos trotando de lo más contentos. Eso no significa más que dos cosas: que a Damián lo seguiremos a donde sea (por más que traiga una de sus peores carotas) y que estamos felices de estar de regreso en este pueblo feo. Ah, porque eso sí ni modo: feo es.

Al llegar nos damos cuenta de que no hay tienda de campaña. Moviendo la cola retozonamente nos metemos por todos lados entre varillas, ladrillos, tejas y cemento, hasta que llegamos a la puerta de uno de los cuartos y ahí nos detenemos en seco: hay camas. Se respira un aire cálido, semejante al de la casa de México. Muchas de las cosas del tejabán están acá, así como la máquina de la señora. Miramos intrigados. Aquí pasó algo.

—Sí pudimos dormir adentro, y muy bien, Damián, no se metió nada de agua, mira, —muestra el señor por encima de nuestras cabezas.

—Aquí los perros no —Advirtió la señora.

Sangrona.

—¡Sáquese, perro! —exclamó Damián empujándonos suavemente con la punta de la bota.

Entendemos de golpe: ellos no vienen a vivir en el pueblo. Vienen a vivir en la casa que están construyendo.

Reversa.

Después, el trabajador que se quedó a cuidar les cuenta que vinieron los comuneros.

—Varias veces vinieron, y armados —le explica a Damián, más que al señor—. Muy agresivos y gritones, aunque no hacían nada ni pasaban de la entrada.

—¿Y luego luego se iban?

—Como de mala gana, pero sí. Una vez vinieron con mujeres y niños. A mí qué me dicen, les decía yo. Vengan cuando esté el patrón. Te decimos a ti para que se lo digas a él. Está bueno, ya oí. Ahora váyanse. Se iban, insultando y todo, pero se iban. Que dizque esta tierra es suya. Parece que dijeron que tienen títulos virreinales o algo así.

El señor lo escuchaba con gravedad, mirando de tanto en tanto a Damián. Éste mudo.

La construcción sí se veía medio derruida, la verdad, pero más que nada por las aguas. Todo estaba encharcado; huinumo por todos lados. El lago allá, bonito como siempre. A lo mejor burlándose del sol.

—Pues ya veremos lo que pasa si regresan. Por lo pronto vamos a seguirle. ¿Conseguiste gente, Damián?

—Sí. Los de siempre. No han de tardar ya.

Al rato estábamos dentro de los sonidos de siempre, como si nunca nos hubiéramos ido, como si no se nos hubieran llenado los ojos con tanta cosa como vimos. ¿Le contaría Damián a Sabina lo de los judiciales? ¡Ave María Purísima!, habrá dicho Sabina.

La señora ahora escribe con una música muy fuerte. Una música que no se parece a ninguna de las que conocemos. Metida en el cuarto, fumando como siempre, casi no la vemos en el día. El señor, en cambio, se la pasó en la construcción hablando con Damián de la plomería. Él le preguntaba a Damián. O sea, al revés ahora.

Y el día se dejó ir en un bailoteo de lo nublado con lo asoleado. Nosotros pendientes de la luz porque al acercarse el final del día, calladamente nos fuimos bajando al lago. Oímos el insistente silbido de Damián llamándonos. Ni madres. No queremos quedarnos.

—No importa, déjalos —oímos que dijo la señora.

Y salimos disparados para el pueblo.

Treinta y cuatro

ESTO OÍMOS ESA TARDECITA, esa primera tardecita de norma-
lidad:

—¿Y por qué no me lo dijiste ayer? (Damián)

—No sé, te vi muy como con muchas cosas; ya era tarde;
no se me ocurrió que era tan importante. Sólo vino a preguntar por ti.

—Ay, tía, de veras, apenas se puede creer que/

—¿A poco la vas a ir a buscar? Aquí en el pueblo todos
saben que se fue con él. Que no le fue bien.

—¿Y a mí qué? Lo que diga el pueblo, lo que piensen todos, a mí qué. ¿Usted me va a advertir eso? ¿Usted, tía?

—Yo lo que no quiero es que sufras, mijo.

—Sufro como todos. Dígame otra vez cómo fue.

—Ya te dije. Estaba aquí con Gudelia y entró muy tímida:
¿Y Damián?, preguntó. Y Gude agarra y le dice: ¿Y tú? ¿No
que andabas en Monterrey? No, dice ella, pero te digo, bien
tímida la mosquita muerta, qué hacía aquí, a ver. Ya me re-
gresé. Ahora estoy aquí. Voy a estar un tiempo. ¿Y Damián?,
vuelve a preguntar. Anda en la capital, le dije yo. Ya va para
un mes que se fue, le dije. ¿Y va a regresar? Sabe. Y Gudelia, ya ves cómo es, ya la conoces, que se le planta enfrente
y le dice: ¿Qué andas tú preguntando por Damián? ¿No tienes ya a tu señor? Gudelia, le dije, pero la muchacha dijo
con un timbrecito bien claro que hasta me cayó mal, hijo,
qué quieres que le haga: No me fue bien, por eso busco
a Damián. Necesito hablar con él. Gudelia se le quedó
viendo como con burla. Medio tardecito, ¿no crees? ¿Cuándo regresa?, insistió la muchachilla. Ganas me daban de
correrla, no te vayas a creer, pero ahí estaba, pregunte y
pregunte.

—¿Y le dijiste?

157

—Ah, Dios, qué le voy a decir. Nada más alcé los hombros, pero a Gudelia sí le dije: ya no te metas, mujer. Entonces ella se salió.

—¿Y de veras cree que no se ha ido?

—Yo digo que no, aunque no la he visto para nada. ¿Adónde vas? ¿No irás a ir a buscarla?

—¿No? No digo.

Fuimos detrás de él, cómo chingaos no. Jamás caminó con tanta celeridad, con tanta seguridad, con tamaña ansia. Quizá el día que se ofició la misa a orillas del lago. Llegó a casa de las primas de la muchacha. Hasta aquí llegamos nosotros, pensamos, ahora entra y ni modo que nos metamos.

Pero abrió Yadira.

—¡Damián! ¿Cuándo llegaste?

—Antier. Vengo a hablar contigo.

—Espérame. Voy por mi rebozo y nos vamos a la plaza. Aquí no podemos hablar.

Volvió a entrar y entonces nos vio Damián. ¿Y ustedes? Movimos la cola mansamente. Pinches perros, dijo riéndose. Debían estar allá arriba. Movimos la cola. De adentro se oyó: ¿Quién es? Nadie, tía, ahorita vengo, voy a la tienda.

La plaza del pueblo es fea, no hay remedio, pero algo pasa cuando se llega ahí. Al kiosco que está un poquito en alto. Dicen que antes era de madera. Ahora es de cemento. Algo pasa. Hay una primera sensación de tristeza, de fealdad, de abandono. Enfrente, la voluminosidad de la iglesia. Las casas, que se riegan por todos lados con su mayor o menor fortuna. Casas bajas, achatadas, de concreto, o de adobe y madera con techos de dos aguas, misteriosas porque son las de la gente más acomodada. O no viven aquí, o viven para adentro, como si el pueblo les diera horror.

De todas maneras a esa hora se ve a mucha gente circular por la calle: los que van a estudiar música; los que andan de novios; los chiquillos que juegan guerras a corcholatazos; las mujeres que chismean; los hombres que beben cerveza. Y todos se dan cuenta de que Damián y Yadira se sientan a hablar en una de las bancas.

A lo mejor lo que pasa en esta plaza es que no se ve el lago.

Oímos las voces de los dos encima de nuestras cabezas. Oímos también el rumor de la gente; algún radio; risas. Ya llegamos, sentimos con claridad. Ahora sí ya llegamos.

Y Damián:

—¿Entonces?

Ella está nerviosa, tímida. Apenas escuchamos su voz.

—Nada. Supongo que ya sabes todo.

—Más o menos. No me interesa mucho.

La gente que pasaba por ahí los miraba y rápido apartaba los ojos. Eso: no es importante lo que pasa. Es importante tener algo de qué hablar. ¿Por qué mejor no se la llevará para la construcción?

—Pues yo creo que debes saber. Por eso te fui a buscar, pero me dijeron que andabas en México.

—¿Para qué quieres que sepa? Me interesas tú, no lo que hayas hecho con otra gente. Me interesas tú ahora.

Ella, muy seria, temblorosa, asustada, lo miró de lleno:

—Me desgracié, Damián. Ya ni puedo regresar a mi casa. Mis tíos me recibieron porque de plano no tengo adónde ir, pero también están furiosos. Mis primas no me dicen nada y hacen como si todo fuera normal, pero yo sé que hablan de mí en cuanto no estoy.

Damián apretaba las quijadas.

—Está bien. Me imagino que así tenía que ser. ¿Te quieres casar conmigo?

—Sí, llévame adonde quieras, pero sácame de esa casa.

—¿Y todavía lo quieres?

—No. Fue feo, de veras.

—¿Y a mí?

—Tampoco. A ti te necesito, y seré una buena mujer, de eso sí puedes estar seguro.

—¿Te dejó preñada?

—Parece que no.

—Nos casamos pronto, pues. Hoy aviso en mi casa y le voy a decir al patrón para que me deje construir un cuarto allá, junto a la construcción, así no tenemos que estar en el pueblo por un tiempo.

Ella sollozaba poquito:

—¿Y de veras lo quieres hacer? A fin de cuentas es tu amigo.

—Yo sí te quiero, él lo sabe. Se lo dije. Ni modo si así pasaron las cosas.

—Te van a criticar mucho.

—Me vale.

Y a la mañana siguiente:

—¡Pero estás pendejo o qué! —gritó Fermín. Sabina nada más se retorcía las manos. ¡Nada más eso faltaba!

—Ya no falta. Nos casamos en cuanto el padre me dé fecha para la iglesia. ¿Vamos a pelear toda la vida usted y yo?

—¡Con estas pendejadas que haces, sí!

—Bueno, ya cumplí con avisarles. Además, mientras termino mi cuarto, vamos a vivir aquí. No quiero que nadie le falte al respeto.

La madre lloriqueaba. Los hermanos miraban serios. Fermín estaba rojo del coraje. Nosotros mirábamos todo. Sabina no sabía qué hacer.

—¡Tú te casas y te quedas sin nada, cabrón! ¡Ya estuvo bueno de tus güevonerías!

—Fermín, por amor de Dios, cálmate.

—¡Y tú no te metas! ¿Te crees que no me doy cuenta cómo le andas consecuentando todo? ¡Tú y Pedro!

—No le grite a mi tía así, papá, la bronca es conmigo, no con ella.

—¡Y esos fureños de mierda que te suben los humos a la cabeza! ¿Quién chingaos te crees que eres?

—Mire, padre, no le quiero faltar al respeto. Si no le cuadran mis planes, me voy y ya. No le estoy pidiendo ningún favor.

La madre lloró más fuerte. Nosotros respirábamos denso. Así es este pueblo. De afuera no se nota nada, pero adentro están pasando siempre cosas así.

—¡Ahí tienes a tu hermano que ya consiguió una beca para irse a estudiar a Guadalajara! Quiere ser ingeniero. Quiere mejorar en la vida. Así sí vale la pena partirse el lomo trabajando por los de uno, no que tú, peor que el más pinche infeliz.

—Es la vida que yo escojo, padre. Ese derecho tengo. Y ya me tengo que ir a trabajar. Usted nomás avíseme si quiere que me vaya de aquí. A ella ya no la voy a traer.

El llanto de la madre. Los hermanos miraban al suelo, incómodos. Salió Damián con grandes zancadas, y nosotros detrás de él, pero alcanzamos a ver a Sabina entrar en su tienda toda acongojada. Ahí la esperaba doña Gude.

Cuando Pedro se enteró más tarde, nada más dijo:

—Ah, cabrón, se enculó el güey.

Que si el señor quería ser el padrino. La madrina sería Sabina.

—Hombre, Damián, pues me da gusto.

Que si un cuartito por mientras él fincaba en algún lado.

—Claro, por supuesto que sí. Nuestro regalo será la cama.

Que si la podía traer mañana para que la conocieran.

—Invítala a comer —dijo la señora.

Que ya se iba a trabajar. No podía de contento el condenado. Todo le valía lo que se dice gorro. Estaba solo en el mundo con su ilusión. Se le desbarató el gesto tenso de la cara. Se le abrieron los ojos como para dejar entrar la luz.

¿Y ella? Ni una vez había puesto los ojos sobre nosotros. No sabíamos nada de ella.

Entre tanto el día retomó su ritmo habitual. Llovía a ratos; escampaba. Los martillazos; las paletadas de cemento; la motosierra... la vida es esto, este todos los días de todo el mismo tiempo, sin ningún orden, sin ningún objetivo aparente. Nosotros nos apareamos; ellos se casan y aunque hagan tanta faramalla para todo hacen lo mismo, lo mismito que nosotros: satisfacer sus instintos. Igual lo hace la naturaleza: escupe lo que le sobra; engulle lo que necesita.

Treinta y cinco

DAMIÁN ANDABA COMO FUEREÑO esos días. Como si no todo y todos en ese pueblo conocieran al revés y al derecho su vida y milagros. Como si cada piedra, cada tejado, cada charco no supiera lo que estaba pasando. Como si no se diera cuenta de que andaba de boca en boca. Porque la noticia corrió como agua en tiempos de lluvia y nosotros, a nuestro paso por donde fuera oíamos los comentarios divertidos, maliciosos, conmiserativos, enojados, porque hasta eso hubo: si se va a casar con una que no es de aquí, por lo menos que hubiera sido de más lejos.

Ah, la gente metiche que en todo ha de andar. Seguro eso no pasa en la ciudad, aunque a lo mejor dicen cosas así pero con tamaño tamaño de ciudad ni quien se entere.

Damián, en todo caso, no parecía enterarse. Andaba movidísimo construyendo su cuartito allá en el cerro. Vimos pasar al señor en su camioneta y ahí traía en el techo una camota. Sabina, que también lo vio, le dijo a su comadre que estaba ahí:

—Ya están trayendo sus muebles, míralos.

A nosotros se nos agolpó la risa en el pecho.

Fermín se había calmado. No le quedó de otra. Pedro lo convenció de que ellos debían invitar barbacoa para todo el pueblo. Porque todo el pueblo va a venir a este casorio, toda esa punta de cabrones, faltaba más. Yo voy a agarrar una de las meras buenas.

—Y cómo no, cabrón, si para ti cualquier pretexto es bueno.

Sabina sonreía tranquilizada. Doña Gude le estaba haciendo su vestido de madrina. Puro punto de cruz.

—Ya verás como en una semana cuando mucho se acaba tanta habladuría. La gente se acostumbra a todo, no los conoceré.

—Dios te oiga. Lo que es yo ya no quiero ni salir a la puerta. Y el muchacho ni se entera.

—Pues así está bien que se casen: arrebatados.

—¿Oyes tú, Gudelia, crees que la muchacha...?

—¿Qué?

—Digo, ¿si crees que se va a estar en paz ya? ¿Qué tal que viene el otro cualquier día?

—La mera verdad no sé, pero se me hace que le va a cumplir a Damián, aunque más no sea que por agradecimiento.

—Ojalá se hubiera encontrado mejor otra, pero este canijo todo lo tiene que hacer al revés.

Juzgan, opinan, condenan. Y luego se ponen a vivir de nuevo aceptando todo. Sin embargo Damián ya será para siempre "el muchacho, hijo de Fermín, que se casó con la muchacha aquella". Y quien sí está viviendo su vida, la única que tiene, y con toda aplicación además, es Damián. Cuando bajamos de la construcción pasa a casa de Yadira. Ésta, muy sonriente, lo hace pasar a la casa en donde, según hemos oído desde la puerta (ahí no nos dejan entrar) lo tratan con mucho respeto. Nos quedamos ahí y es cuando vemos cómo el pueblo sigue con su vida, su vida igual, monótona, falta de chiste, de brillo. Vemos cómo cae la tarde y cómo el lago pasa del azul al gris, al oscuro neblinoso hasta desaparecer. Los trinos de los pájaros, los radios, las risotadas, los chillidos, las voces arrastradas, todo se vuelve parte de un ritmo en el que estamos metidos muy adentro. Cae la lluvia; deja de caer. Damián adentro y nosotros, como debe de ser, afuera.

Con los señores Yadira se mostró muy tímida. Era Damián el que hablaba. Platicaba de cuando era niño. De cuando se escapaba con sus amigos de la escuela (Quino, el Charahuén y el Güero) y tiraban para el monte. Ella sonreía. Tampoco conocía esas historias. Sonreía y comía con la cabeza baja. Damián no se dirigía a ella sino a los señores, pero percibíamos un calorcito de su cuerpo que la abrazaba protegiéndola.

En un momento, muy disimuladamente, nos echó un hueso. ¡Un hueso para dos! El amor ya lo puso pendejo. Pero fue un gesto, y como era obvio que le había dado pena hacerlo, uno de nosotros (¿la Novela? ¿El Relato?) lo tomó delicadamente entre los dientes y se lo fue a comer lejos.

La señora también habló mucho. Quería hacer sentir bien a Yadira y no se daba cuenta de que la intimidaba más. Pero ¿sufría ella? ¿Qué pensaba? Apenas si la hemos oído hablar, y no se nos olvida el tono duro que usó aquel día de la misa a orillas del lago: Perdóname, me tengo que ir. Aquella vez era la seguridad de ella. Ahora es la seguridad de él.

—Ven, te voy a enseñar en dónde voy a construir el cuarto.

Llovizna apenas cuando nos encaminamos hacia allá.

Cuando el silencio está más asentado; cuando parece que ya por fin se terminó el día, que todos accedieron a aquietarse, se oyen los ladridos de los perros. Unos distantes al principio, como si advirtieran de algo. Otros que les responden. Éstos suscitan otros y otros más. Al cabo de un rato los ladridos y la oscuridad ya no se diferencian. Pesan en el corazón de los hombres, que no saben desentrañarlos.

Los perros ladran con distintas entonaciones: urgidos, desesperados, solidarios. Soliloqueando, acusando, condenando, advirtiendo. Recriminando.

Es el hambre que retintinea en sus ladridos; la soledad; la impotencia. O el cansancio ante tanta injusticia, arbitrariedad, prepotencia. Adquieren un ritmo machacador por momentos. Amenazante. Luego vuelven a fragmentarse buscando tocar todos los resquicios de la noche; queriendo soliviantar el reposo, por precario que sea, de los hombres.

El pueblo, ese conjunto de seres, de circunstancias, estructuras, costumbres y resignación que conforman un pueblo, se deja estar muy quieto. Toda la naturaleza que lo circunda, incluyendo el lago, lo tolera. Lo mira a veces como esperando. Se arma de paciencia: ¿cuándo van a atender a esos ladridos?

Treinta y seis

—Voy a Jarácuaro a pedir a mi novia, tía.

Damián en la camioneta del señor; Yadira a su lado y ¿quiénes en el asiento de atrás? ¿Quiénes?

Mero nosotros.

Sabina se ríe. Ahora todo lo que hace Damián le da risa.

—¿Y eso? ¿Hasta los perros?

—Éstos se trepan cada vez que alguien abre la puerta de la camioneta. Ya creen que es su casa.

Tampoco, desgraciado, vámonos respetando.

—¿Y por qué no le pediste la camioneta a tu padre?

Damián hace un gesto como de: ¿ése?, y arranca.

Vamos viendo por la ventanilla. Qué distinto el mundo de día del de la noche. En la noche sentimos que nuestras voces crecen hasta ser casi escuchadas. El día nos reduce a eso que se ve por todos lados: perros. Flacos, feos y muchos.

Por la carretera vamos nerviosos. Damián va hablando con Yadira y pensamos que no pone suficiente atención a la manejada. Hay muchos perros por todos lados.

—Como tú quieras. De que se van a enterar, seguro, y yo pienso que mejor que vengan. Pero puedo mandarle decir a él que ni se aparezca porque lo mato.

—Ni lo quiera Dios. Por mí que venga. Es por ti. Para que no vaya a haber pleitos. Que no nos venga a amargar el día, ya ves cómo es de borracho.

Eres tú la que me tiene que decir. ¿Le va a doler? ¿Va a venir a buscar bronca?

—Le dueles tú. Te aprecia mucho, me lo dijo hartas veces.

—Por eso. Entonces que venga si quiere.

No estamos como para tratar de entender. Maneja muy rápido este carajo muchacho (así le dice a veces Sabina). Ni cuenta se ha dado de que el lago quedó atrás, de que otra vez ya nos salimos de lo nuestro. Pero cuando está con ella no ve, no oye, no entiende.

Así es esto del amor.

De regreso nos metimos en la tienda de Sabina. La muchacha se quedó en Jarácuaro, pero no debe haber sido por nada malo porque Damián venía silbando y manejaba despacito. No supimos qué pasó porque nos dejaron todo el tiempo en la camioneta.

—Me voy a ir a dormir allá arriba para adelantarle al cuarto mañana tempranito, pero quería platicarle algo, tía, si puede —dijo Damián mirando hacia adentro.

—No anda aquí, mijo, no te preocupes. Está en casa de Fermín. ¿Cómo te fue?

—Bien. Se va a quedar allá hasta el día de la boda.

—¿Y para qué? Ya estando en éstas bien podría/

—Deje, tía, así está bien. Faltan unos cuantos días. ¿Cómo ve a mi padre?

—No, pues bien. Ahora sólo piensa en la fiesta. Hasta Pedro anda tan entusiasmado que ni bebe.

Damián sonríe y se sienta como si por fin se dejara sentir el cansancio de toda una vida.

—Invité a un amigo de México. Quiero que lo aloje usted, tía, no quiero que se quede en casa de mis padres.

—¿Y de cuándo acá ya no es tu casa?

—Desde siempre, pero no crea que me volví a pelear con mi papá, no. Es que desde hoy me voy a empezar a quedar allá arriba. ¿Puede?

—Claro, camas no me faltan, nomás no respondo si tu tío se emborracha.

—No importa. Lo más seguro es que mi amigo (se llama Juan, Juan Mata) también. Es de Chiapas.

—¿Y eso dónde está? ¿No dices que viene de México?

—Allá vive, pero nació en un pueblo, o sus padres, no sé, es igual, pero hay otra cosa, tía: el Charahuén, Quino y el Güero también van a venir.

—¿Y quieres que lleguen conmigo? Si esos tienen su casa.

Damián se rió.

—No, tía, no es eso, es que... pues ya sabe, no le tengo que explicar nada, el Güero...

Sabina no entendía al principio, pero luego dijo:

—El Güero, claro —se nos quedó mirando un momento y dijo:

—Pero ese muchacho te aprecia, no creo que/

—Miedo no le tengo, lo que quiero saber es si... usted como mujer, qué preferiría que viniera o no.

—Yo qué voy a saber. Si me estoy casando con uno, los otros me habían de dar lo mismo, ¿qué no?

Damián se estaba poniendo tenso.

—¿Pero viendo lo que ha pasado? Piense, tía, trate de ponerse en su lugar.

Ella lo miró de lleno, hasta parecía enojada:

—Mira mijo, y perdóname que te lo diga: para empezar yo no habría escogido mal, pero si ya pasó lo que pasó, a quien le tienes que preguntar es a ella.

Damián como que se derrumbó. No dijo nada. Afuera ya había oscurecido. La gente andaba en sus ires y venires. La voz de Sabina se dejó escuchar muy suave.

—¿Te hace sufrir mucho este asunto?

—Algo, por eso ando buscando saber cuál es la mejor manera de que ya no me importe; de que ya no sea parte de mi vida; de que ya no me duela...

Y sollozó.

Sabina se quedó muy quieta, mirándolo. Luego dijo:

—Entonces déjalo que venga. Que todo esté frente a tus ojos. Que nada quede pendiente. Si han de salir las cosas bien, saldrán; si no, por más que le hagas...

Se fue calmando Damián.

Empezaron a ladrar algunos perros.

Así pues sufren ellos, los humanos. Resultaría incomprensible si no fuera porque los estamos viendo y sabemos cómo ha empezado todo. Cómo se metió Damián en toda esta historia; cómo lo sacaron; cómo volvió a meterse en cuanto pudo. Desde que lo vimos ver a la muchacha aquel día supimos: éste ya se fue por aquí. Es inútil repetir que nosotros no tenemos esta vocación para la fatalidad. Este afán de ser golpeados en el centro mismo de nuestra existencia. Vamos, venimos, hacemos las cosas que tenemos que hacer. El sufrimiento para nosotros, como para cualquier cosa viviente, es inevitable, pero no escogible. Está ahí como está el lago o los cerros o nosotros. Procuramos evitarlo, pero definitivamente no tenemos vocación para él.

Damián se fue para la construcción y nos le olvidamos. Ya no lo quisimos seguir corriendo. De noche y lloviendo... hay límites. Mejor nos quedamos cerca de Sabina, oyéndola respirar y revolverse en la cama, sufriendo también, claro, por su muchachito consentido y tan difícil.

Y ahí está nuevamente el sonido del pueblo en la noche. Cada cual hace lo que puede para vivir. Lo logran unos; otros menos. Poco a poco los ruidos de la naturaleza se sobreponen a los humanos. La quietud de la noche desmiente lo intrincado de los vivires. Todos duermen por fin, hasta Sabina.

Pero tempranito en la mañana nos entró el apuro, y ahí vamos corriendo para arriba, entre la bruma del lago. En la cola sentíamos que el lago era el de siempre.

Llegamos a tiempo para el desayuno, que ahora se hacía en otra mesa, una nueva que pusieron en el terreno plano, donde antes habían estado los materiales de construcción. Ahí se sentaban cuando llegamos jadeando.

—¿Dónde andaban, guardianes de la casa? —preguntó la señora.

¿No que nos llamábamos Novela y Relato?

Pero luego nos olvidaron. Es lo bueno.

Y nos echamos bajo la mesa dizque dormidos. Esto dijeron:

—Te falta ya muy poquito para terminarlo, ¿cuándo se casan? ¿Te dieron ya la fecha en la iglesia?

—De este domingo en ocho.

—¿Y por fin en dónde va a ser la fiesta?

—Ahí, con mis padres. También la familia de Yadira ofreció.

—¿En Jarácuaro?

—No, los tíos. Tienen una casa con una huertota, mero enfrente del kiosco.

Los señores no saben nada, por eso preguntan tan tranquilos entre bocado y bocado de pan. Lo curioso de su situación es que en realidad no tienen manera de enterarse de muchas cosas: son fuereños y viven retiradito del pueblo, y su único contacto es Damián... pero además, no parece que tengan mucha curiosidad tampoco. Ahí está Damián, con su cara triste, a punto de casarse, y no se dan cuenta.

—¿No te la vas a llevar a ninguna parte?

—¿Cómo?

—De luna de miel —explica la señora—. Unas vacaciones.

—No se acostumbra acá, no lo había pensado. ¿Adónde iríamos?

—A Playa Azul, al mar —dice la señora.

—Nunca he ido al mar —responde Damián—. No sé cómo es. Y ella —se ensombrece un poquito, se turba, se aguanta—, no sé.

¿El mar? ¿El mar? ¿Qué es eso del mar?

—Ahí piénsalo —dice el señor poniéndose de pie—. Por mí no hay ningún problema si te quieres ir una semana.

—Es bonito el mar —dijo la señora comenzando a levantar los platos—. Y si nunca lo has visto te va a impresionar.

Treinta y siete

—NUNCA HE IDO AL mar —contestó Sabina con bastante indiferencia. Qué tengo que andar yo haciendo en el mar en donde todos andan medio desnudos. Ya parece, ¿no Gudelia?

Ésta se reía:

—Bien que nos hubiera gustado de jovencitas. Ya ahora...

—El que sí debe conocerlo es tu tío Pedro que, borracho y todo, pero bien que ha andado por todas partes.

—¿Y cree que debamos ir, tía, de vacaciones?

—¿De vacaciones? —se asombró Sabina—. ¿Pues qué no van a tener nada qué hacer cuando se casen? Yo digo que no, aunque no sé ni para qué me preguntas. De todas maneras vas a hacer lo que te dé la gana.

—Fue a la señora a la que se le ocurrió.

Sabina se rió con ganas:

—Ah, ya decía yo. Pues no, mijo, esas son cosas de ellos. Cosa de turistas, digo, de gente de ciudad. Uno no se va de vacaciones. Uno anda por acá viviendo y sanseacabó.

—Qué habían de hacer todo el día, ¿te imaginas, Sabina?

Se rieron las dos y Damián, mucho más animado que por la mañana, dijo:

—Ver el mar. Dicen que es tan grande que no acabas de verlo nunca.

—¿Y qué le vas a ir a ver? Ha de ser como el lago. Ahí está uno toda la vida viéndolo en la mañana, en la tarde, en la noche. ¿Y qué le ve uno? Nada. Ahí está nomás.

—Pero porque es chico. Se ve en dónde empieza y en dónde termina, pero el mar... dice la señora que se te va de los ojos.

—Ahí tienes. ¿Para qué quieres ir a verlo entonces? El lago aquí está, bien metido entre los cerros, no se te va para ningún lado.

Ya están, a la pura risa. Se siente un contento en el aire. Ha llovido tanto que hasta la luz parece lavada. Así son las lluvias por acá. Cuando por fin llegan, todos sentimos que ya nunca va a dejar de llover. Que jamás se va a volver a secar la tierra. Que poco a poco todos nos vamos volviendo lago.

—El mar —dijo después Pedro entornando los ojos—, eso sí que no es chingadera. En un época de mi vida pensé quedarme en Lázaro Cárdenas, pero luego, pues ya ves cómo es la vida: te lleva para acá, te lleva para allá. No se me hizo. Uh, pero el mar, vieras... te da una sensación como de —respiró fuerte, abrió los brazos, ¿qué le pasa a esta gente desde que empezaron a hablar del mar?— como de que todo puede ser tuyo. Como de que te olvidas de ti mismo.

—¿Sí? —repuso Damián interesado.

—Es bonito, palabra. No te mueras sin conocerlo, hijo, vale la pena. Mira, uno no puede hacerlo todo en la vida y quieras que no, escoges tu modo y hasta ahí llegaste. Ya ves, yo soy un borracho, pero también soy un buen carnicero, me gusta la música y las muchachas y andar solo. ¿Qué tanto sabía yo de esto cuando tenía tu edad? Nada. Y yo digo, de todas maneras escogí yo. Que así quise mi vida... bueno, pero a lo que iba es a esto: cuando conoces el mar te das cuenta... y conste que no he tomado, que nada de eso importa, lo que quieres, lo que no quieres. El mar está ahí, más grande que todo. Casi más que ni el cielo. Algo aprendes, no sé ni qué, pero algo. Tú estás chamaco todavía. Te vas a casar y te andas pensando que es una de las cosas serias de tu vida. Igualito que tu padre. Y está bien, no digo que no, pero aprovecha ahora para conocer cosas. Después, no es que no se pueda, mijo, se puede siempre, es que ya no sabe uno ver; uno de viejo ya no sabe mirar...

Cuánta palabrería, y todo por el famoso mar. Damián quedó impresionado, callado, quieto con este parrafito de Pedro. Se van cada uno por su lado. Con la última luz del día nos encaminamos al cerro. El lago parece empequeñecido, como humillado por tanta referencia al mar. El lago, viéndolo bien, es más chico que cualquier barrio de la ciudad de México.

Treinta y ocho

—¿Y USTEDES A POCO piensan quedarse aquí para siempre? —les preguntó sorprendentemente Damián a los señores el otro día. Era la hora de la comida. Nosotros tenemos una olla para cada uno. Ahí nos ponen lo que nos van a dar. Podemos, si queremos, dejar ahí un poco y volver luego de un rato. Sigue ahí. Es nuestra comida.

—Para siempre no hacemos nada —dijo el señor.

—Quiero decir, por mucho tiempo. No estar regresando a la ciudad.

—Esa es la intención —interviene la señora—. A la ciudad vamos cuando es estrictamente necesario, como esta última vez, pero nos estamos trayendo todo para acá.

—¿Y los comuneros? ¿Si se vuelven fuertes?

—¿Tú qué harás? Porque tu familia es de ejidatarios, no de comuneros, ¿qué no?

—Sí pero mi padre la lleva bien con ellos. La que no los quiere es mi tía Sabina.

—¿Pero qué harías tú si de pronto te empiezan a quitar tierras? Según esto todo el pueblo es de ellos, tanto esta tierra como las de tu padre.

—No, pues lo de las tierras no sé. Yo defendería mi casa, ni modo que se las diera.

La señora escuchaba pensativa.

—Nosotros igual —dijo—, aunque si se llegara a ese extremo ya sería revolución. Las cosas cambiarían. Ahora estamos dentro de una legalidad. Con una revolución esa legalidad tendría que cambiar. Entonces una de dos: o te armas y luchas contra ellos; o te unes a ellos. Entonces te vas.

—Es que lo que no entiendo es por qué escogieron venirse para acá, habiendo otros lugares.

—Sería lo mismo en todo el país, da igual en donde estés. Escogimos el lugar por el lago, por lo solitario, por la vida que queremos hacer. No es nada más para vivir fuera de la ciudad; es para vivir de otro modo. A lo mejor te cuesta trabajo entenderlo porque eres de aquí; porque es natural que a tu edad te quieras ir a conocer otras cosas/

—Yo no me quiero ir. Yo sé que no me quiero ir. Aquí me voy a quedar con mi mujer y voy a tener hijos aquí y aquí me quiero morir.

La primera vez que decía lo que quería.

—Ah, pero eso es nuevo. Hace unos meses no sabías.

—Sí, pero ahora sí sé.

—Pues qué bueno. ¿Y qué te hizo decidirte? ¿El matrimonio?

—Haber estado en la ciudad. Eso más que nada.

—¿Por qué?

—Allá no me reconozco.

Treinta y nueve

CERQUITA DEL DÍA DEL casorio llegó el amigo.

—Juan Mata —le dijo muy formal a Sabina cuando Damián se la presentó—, para servir a usted. Y luego luego salieron para que él conociera el lago. Caminaron mucho rato sin hablar gran cosa. El muchacho parecía tener frío y metía las manos en las bolsas de su chamarrota. Miraba el lago, luego los cerros, luego el pueblo. Otra vez el lago. Por fin dijo:

—Pues sí está bonito.

Era la tardecita y no llovía, aunque todo estaba húmedo.

—¿Y qué más hay? —preguntó.

—¿De qué?

—Para hacer; para entretenerse. ¿Qué hacen?

—Nada. Pasear.

—¿No hay cine?

—A veces viene un camioncito con películas, pero muy de vez en cuando. Hay toros a veces, bailes... hay un día de mercado... ¿qué más?

—Bueno —suspiró Juan—, y tendrán televisión, por lo menos. ¿Sigues viendo noticias?

—No he tenido tiempo. Ando construyendo un cuarto allá arriba, con mis patrones. No estoy durmiendo acá.

Más que incómodo, al muchacho lo veíamos desconcertado. A lo mejor así nos veíamos nosotros cuando recién llegamos a la ciudad; fuera de lugar, como abrumados.

—Nunca entendí eso, para qué tanta noticia. Como si te fuera a ayudar en algo saber tanto de lo que pasa en el mundo. Pero —empezó a echar piedritas en el lago— a lo mejor viviendo tan lejos, tan aislado, sí dan ganas. ¿No hay lanchas? ¿No se puede ir uno a remar, como en Chapultepec?

177

Damián se rió:

—Están las lanchas de los pescadores...

—No, una para irme a remar yo solo.

—No sé si te la presten, luego vemos.

Caminaban de regreso.

—Te voy a presentar a mis padres, y a mi tío, si es que no está borracho.

—Bueno, ¿y la novia?

—Está en su pueblo con sus padres. Mañana voy a ir por ella.

—¿Es buena onda? ¿Te casas o te casan?

—Me caso.

Mala persona no es el muchacho, es sólo que habla tanto. En eso se parece un poco a los señores de la construcción: no saben dejar que el tiempo fluya sin llenarlo de palabras. Le tienen miedo al silencio. Como Juan, esa noche en casa de Fermín, con toda la familia ahí. No sabía ni qué decir, pero tenía que decir algo todo el tiempo. El único que contestaba era Fermín, y receloso el hombre. Nosotros en el patio. Ahí no tenemos plato de comida, aunque los hermanos chicos de Damián de vez en cuando nos echaban algo. Que si qué sabrosa la cena, señora, que si qué cosa se da por estos lados, señor, que si les gustaba el futbol a los muchachos. Así. Comiendo sabroso, eso que ni qué, pero incómodo.

No fue sino hasta llegar de vuelta con Sabina y encontrarnos ahí medio achispado a Pedro, que las cosas tomaron por otro rumbo.

—¿Una charandita? Para que pruebe lo que se hace por acá, joven, y sepa lo que es bueno. ¿Ustedes qué toman allá en la ciudad?

—De todo —contestó Juan envalentonado—. De lo que sea. A mí lo que más me gusta es el Brandy Presidente.

Damián y Sabina se miraban con una medio sonrisa.

—Ahí se lo encargo tío, no lo vaya a emborrachar.

—No te apures, carnal, aguanto un resto.

Y nos fuimos para arriba. La noche estaba estrellada, luminosa. Como si toda la naturaleza se estuviera preparando para al fiesta. Las mejores galas, la mejor actitud. Damián silbaba recio, como queriendo ser escuchado hasta Jarácuaro.

Cuarenta

—¿SABES POR QUÉ ME dedicaba a ver sólo noticias en la televisión? —le pregunta Damián a Yadira mientras bailan *El cabuz*, una música compuesta por la banda joven, cerquita de nosotros, apartados un tanto de la gente y de la borrachera general.

—No —dice Yadira, que no sabe ni entiende lo de las noticias en la televisión y ni siquiera parece oír bien lo que dice Damián a causa de tanto ruido.

—Para no escuchar mi voz que me decía todo el tiempo que te quería.

Que la quiere. Eso sí escuchó con claridad. Eso sí sabe. Lo mira con ojos grandes y brillantes. Lo mira asegurándole que no le va a fallar. Lo mira enamorada.

A lo mejor es cierto.

Como de costumbre, las cosas se desataron con una velocidad poco perruna. El pueblo entero está aquí. Los señores de la construcción bailan alegres, medio tomados. El rico del pueblo, tomado completo, forma un corrillo tambaleante con varios campesinos. Doña Gude y Sabina platican con Juan, que está crudo. Pedro merodea el baile, apenas tomado. Burlón. Fermín mira satisfecho. Es su invitación. Los músicos tocan con impetuoso estruendo: un amigo es un amigo. En un rincón, lejos de Damián, el Charahuén y Quino vigilan al Güero, que está muy borracho.

—Cómo no voy a estar contento si es como mi hermano.

—Pues entonces estate o te sacamos de aquí.

—¿Qué estoy haciendo? Lo único que quiero es ir a felicitarlo.

—Estate, Güero, palabra que te sacamos, carnal.

Oímos, vemos todo. Somos como la conciencia del pueblo querámoslo o no. Lo más profundo de ellos. Lo más olvidado.

Sobre el lago rebotan los resplandores del pueblo; las vibraciones de la música, los gritos. La luna también se deja escurrir en su superficie. Dicen que es un lago muy profundo, que por eso es tan límpido y al mismo tiempo tan misterioso. Dicen que es una lágrima de la princesa Zirahuén, quien se fue a acostar al fondo cuando se enteró de que su amado había muerto en una batalla. Dicen que se está secando. Dicen que es una belleza.

Lo que sí es indudable es que en sus aguas contiene herméticamente todo lo que ha visto. Que a algunas horas del día sonríe enigmáticamente; que en otra se oculta. Que por las noches se acurruca y duerme. Que se pone en pose cuando lo contemplan y que es de una hermosura insólita cuando no sabe que está siendo visto.

Sus razones tendrá.

Esta obra se terminó de imprimir
en enero de 1992 en
Avelar Editores Impresores, S.A.
Bismark 18,
México 13, D.F.

La edición consta de 3,000 ejemplares